जिंदगी एक अनजान सफर

AF742732

लवकुश कुमार मेहता

Copyright © Lavkush Kumar Mehta
All Rights Reserved.

This book has been self-published with all reasonable efforts taken to make the material error-free by the author. No part of this book shall be used, reproduced in any manner whatsoever without written permission from the author, except in the case of brief quotations embodied in critical articles and reviews.

The Author of this book is solely responsible and liable for its content including but not limited to the views, representations, descriptions, statements, information, opinions and references ["Content"]. The Content of this book shall not constitute or be construed or deemed to reflect the opinion or expression of the Publisher or Editor. Neither the Publisher nor Editor endorse or approve the Content of this book or guarantee the reliability, accuracy or completeness of the Content published herein and do not make any representations or warranties of any kind, express or implied, including but not limited to the implied warranties of merchantability, fitness for a particular purpose. The Publisher and Editor shall not be liable whatsoever for any errors, omissions, whether such errors or omissions result from negligence, accident, or any other cause or claims for loss or damages of any kind, including without limitation, indirect or consequential loss or damage arising out of use, inability to use, or about the reliability, accuracy or sufficiency of the information contained in this book.

Made with ♥ on the Notion Press Platform
www.notionpress.com

क्रम-सूची

क्रम-सूची

भूमिका

यह कहानी है पाँच दोस्तों की, जो बताती है कि जीवन मे हमारे हिसाब से कुछ भी नही होता है। हम सुबह सोचते है कि मुझे इतना काम करना है लेकिन शाम को अफसोस होता है कि अगर यह नहीं होता तो मेरा यह काम हो जाता, ऐसा किसी एक के जीवन मे नहीं हर किसी के जीवन मे है, इंसान हो, जानवर हो, या कोई भी जीव हो यह कोई नहीं जनता कि कब क्या होगा, क्योंकि सभी जीवन के एक अनजाने राह पे चल रहे हैं, हर वक्त नई चुनौती का सामना कर रहे हैं, जब तक जीवन है तब तक लड़ना है कभी खुशी तो कभी गम देखना है। जीवन मे यह उतार चढ़ाव कभी बता कर नहीं आती इसलिए इसका नाम है "जिंदगी एक अनजान सफर" और आज जब यह दुनिया हर प्रकार से इतनी विकसित हो चुकी है तो चुनौतियां और भी ज्यादा बढ़ गई है, अभी तो ज्यादा इंटरनेट से हीं धोखा-धड़ी हो रहा है हर दिन लाखों लोग ठगी का शिकार हो रहे हैं किसी का अकाउंट खाली हो जा रहा है तो कोई कही ब्लैक्मैल का सामना कर रहा है, हर पल कुछ न कुछ घटित हो रहा है, एक मुसीबत टलती नहीं कि दूसरी आ जाती है, जीवन की सारी घटनाएं अचानक घटती है, उसे ही लेखक ने "जिंदगी एक अनजान सफर" का नाम दिया है।

1

किरदार एव लेखक का परिचय

जिंदगी एक अनजान सफर

पाँच दोस्त, अमन, अशोक, अजय, सोनू और प्रकाश, यह सभी एक ही शहर दिल्ली में रहते हैं और पाँचों एमबीए MBA कर रहे हैं, वैसे रहते तो एक हीं शहर मे हैं किन्तु सभी का कमरा अलग अलग है।

"कुछ पाँचों के बारे में जान लेते हैं। अमन थोड़ा स्ट्रिक्ट है, ज्यादा बातें वह सीधी ही करता है और वह कुछ शायरी कविता भी लिखता है। अशोक छुपारुस्तम है वह लोगों से बहुत कम चीज शेयर करता है, ऐसा नहीं है कि वह बातें नहीं करता पर बहुत कम बोलता है, अजय पढ़ाकू लड़का है, सोनू मजाकिया है बहुत मस्ति करता है जहाँ मौका मिला टांग खिचाई शुरू, और आखिर में प्रकाश यह विशेष इंसान है, विशेष बोल तो थोड़ा विशेष है, कहानी मे इसका भी अहम रोल होने वाला है क्योंकि इंटरनेट पे नई नई लड़कियों से बात करना मस्ति करना और किस लड़की से क्या बात किया सब कुछ दोस्तों से बताना, और सबसे पहले ठगी का शिकार भी यही होगा और अकाउंट भी इसी का खाली होगा" इनके बाद दो और लोगों का आगमन होगा जो मुख्य पात्र की तरह हीं भूमिका निभाएंगे जिसमे पहला नाम है संध्या और दूसरा नाम है सीतल।

इस कहानी में अमन का किरदार मैं निभाऊँगा और यह सभी मेरे दोस्त रहेंगे। जैसा की आपलोग जान चुके हैं कि कहानी का नाम "जिंदगी एक अनजान सफर" है। तो कहानी मे कब क्या होगा कुछ भी कहना आसान नहीं होगा, लेकिन इतना तो जरूर कहेंगे कि यह कहानी आपको बहुत कुछ दे जाएगी, **क्योंकि तीन चीज जो मांगती नहीं सिर्फ देती है, "पहला है पुस्तक जिसका आपने चयन किया, दूसरा वक्त जिसके सहायता से आप इस पुस्तक को पढ़ेंगे और तीसरा है इस पुस्तक के प्रति आपलोगों का प्रेम जो आपलोगों को इस कहानी से जोड़े रखेगा और आपलोग आखिर तक पढ़ेंगे"।**

तो चलिए कहानी की शुरुआत करते है, लेकिन उससे पहले थोड़ा लेखक के बारे में जान लेना आवश्यक है जिसने इतने प्यार से इस कहानी को लिखा है।

लेखक के बारे मे संक्षिप्त जानकारी

इस कहानी के लेखक हैं " **लवकुश कुमार मेहता**" जिनका जन्म झारखंड राज्य के पलामू जिला के एक छोटे से गाँव हिसरा बरवाडीह मे हुआ है। जिनका उम्र अभी २२ साल है, वह कहते हैं कि लेखक के बारे मे कोई बात अलग से नहीं लिखी जाती लेखक का पहचान उसकी कहानी से होती है, क्योंकि वह उस कहानी मे अपने विचारों को रखते हैं और विचार हीं इंसान का पहचान करवाता है।

2

इंडिया गेट

इंडिया गेट से होती है कहानी की शुरुआत

दोपहर का वक्त था अमन रूम में बैठे बैठे फोन में कुछ कर रहा था कि तभी रूम में सोनू आया, क्या कर रहे हो अमन, (अमन यानी मैं) मैंने कहा कुछ नहीं बस ऐसे हीं बैठ कर मस्ति कर रहा था तुम बताओ तुम कैसे आए, सोनू बोला रूम में मन नहीं लग रहा था तो सोचा अमन से मिल लूँ, थोड़ा बहुत घूम भी लेंगे, मैंने कहा अच्छा किया मेरा भी यहाँ अकेले मन नहीं लग रहा था, अच्छा प्रकाश का क्या खबर है सब ठीक है न, सोनू हँसते हुए बोला अरे यार उसका पूछो मत अनलाइन की दुनिया में राजा बना फिर रहा है, मैंने पूछा अच्छा तो क्या फिर कोई कांड किया, सोनू बोला कांड क्या करेगा वही आज इस लड़की से तो कल उस लड़की के साथ हमेसा मस्ति करते रहता है, मैंने कहा पता नहीं यार वह कब सुधरेगा, सोनू बोला वह नहीं सुधरने वाला आज ही कॉल किया था फेस्बूक पे फिर से एक नई लड़की से दोस्ती किया है, तभी अमन के पास प्रकाश ने कॉल किया, मैंने सोनू को बोला देख कॉल कर दिया उसने, साले की बड़ी लंबी उम्र है, सोनू बोला अच्छा कॉल उठा और स्पीकर पे डाल, मैंने कॉल उठाया उधर से बोला, हैलो अमन क्या कर रहे हो सब ठीक है, मैंने बोला हाँ मेरा तो ठीक है तू बता तेरा कैसा चल रहा है, वह बोला बिल्कुल मस्त भाई, मैंने पूछा और अब कहाँ लगे हो, प्रकाश बोला कही नहीं भाई बस ऐसे ही, मैंने कहा तुम्हें पता है न मुझसे कुछ छिपा

नहीं है, प्रकाश पूछा सोनू कॉल किया था क्या, मैंने बोला नहीं नहीं किसी ने कॉल नहीं किया तू बता, वह बोला कोई नहीं यार फेस्बूक फ्रेंड है और कुछ नहीं, मैंने पूछा अच्छा कितने नंबर की फ्रेंड है, प्रकाश बोला क्या यार तू भी न केवल मौका मिलना चाहिए, मैंने पूछा अच्छा यह बता तू सुधरेगा या नही, वह बोला हाँ जल्दी ही, तभी सोनू बोल पड़ा अबे कमीने झूठ क्यों बोलता है, प्रकाश बोला अबे तू, तू वहाँ क्या कर रहा है, सोनू बोला तुम्हारा नाम लाल किला पे लिखवाने आया हूँ, हम तीनों हँसने लगे, वापिस प्रकाश पूछा कही घूमने जा रहे हो क्या, सोनू बोला हाँ सोच को कुछ वैसा ही रहे हैं, मैंने कहा अच्छा अशोक और अजय को भी बोल दो कही धूमने चलते हैं, प्रकाश बोला रुक कोन्फ्रेंस पे लेता हूँ, सोनू बोला प्रकाश तुम्हें पता है न हम कहाँ जा रहे है, प्रकाश पूछा कहाँ, सोनू बोला वही, वह पूछा वही कहाँ, सोनू शब्द पे जोर देते हुए बोला वहीं, प्रकाश बोला रुक मिल तू अभी बताता हूँ, सोनू और मैं हँसने लगे, वह बोला हँस लो हँस लो यह मौका फिर नहीं मिलेगा, सोनू बोला अच्छा छोड़ पहले उन दोनों से बात कर और बता क्या कहते हैं, प्रकाश बोला अच्छा ठीक है वापिस करता हूँ। थोड़ी देर हम ऐसे हीं बैठे बात करते रहे, प्रकाश सबकी खबर ले कर कॉल करता है फिर हम पाँचों इंडिया गेट जाने का प्लान बनतें हैं, हम सभी रूम से निकले मेट्रो लिए और इंडिया गेट पहुँच गए। हम पाँचों इंडिया गेट पहुँचे मस्ति करते हुए आगे बढ़ रहे थे कि हमारी नजर कहीं पे पड़ी, वहाँ बहुत ही ज्यादा लोग इक्कठा थे, हमलोग सोचे क्या बात है इतनी भीड़, अशोक बोला शायद कोई चित्रकार होगा जिससे लोग अपनी तस्वीर बनवा रहे होंगे दिल्ली में तो यह सब तो आम बात है, मैंने कहा हाँ आम बात तो है लेकिन चित्रकार इधर भी है इधर तो इतनी भीड़ नहीं है, सोनू बोल हाँ यार कुछ तो है चलो देखते हैं। हम सभी वहाँ पहुंचे थोड़ी देर देखे कुछ समझ नहीं आ रहा था, यह जादू हो रहा है या कोई भविष्यवाणी, लोग उसके पास जाते थे वह कुछ बताता था और लोग आश्चर्यचकित रह जाते थे, क्या हो रहा था हमे भी पता नहीं चल रहा था। सोनू पूछा कुछ समझ आया क्या, मैंने कहाँ अभी तक तो नहीं, तुम्हें आया क्या, वह बोला नहीं मुझे भी नहीं आया, मैंने कहाँ ऐसे समझ नहीं आएगा हमें उनके करीब जाना होगा जहाँ से हम उसकी आवाज को

अच्छे से सुन पाए, फिर हमलोग आगे बढ़े शुरुआत में लगा कुछ जादू हो रहा है लेकिन फिर पता लगा वह सब कुछ जनता है उसके पास जाओ तो ओ तुम्हारा नाम पता सब बता देगा ओ किसी का भी फोन का पासवर्ड बता सकता है, थोड़ी देर के लिए हमलोग भी सोच में पढ़ गए लेकिन थोड़ी देर देखते देखते समझ आया कि वह कोई जादूगर नहीं बल्कि हमारे दिमाग को पढ़ रहा है। सब समझ जाने के बाद देखने में मजा भी आने लगा क्योंकि वह लोगों के बारे में कुछ ऐसा बताता था कि सुन कर हम हँसने से खुदको रोक नहीं पाते थे, दोस्तों के सामने सबकी पोल खुल रही थी, सोनू पूछा भाई प्रकाश को बोलो न यहाँ आने के लिए इसका भी दिमाग पढ़वाते हैं मजा आएगा, मैंने कहा हाँ चल ठीक है, तभी देखा यह क्या यहाँ तो अशोक जा कर बैठ गया, हमने आवाज लगाई अशोक क्या कर रहा है, अशोक इशारा किया रुक न, हम लोग सोचे चलो देखते हैं।

3

अशोक का प्रेम, बाबा की भविष्यवाणी

अशोक का प्रेम, बाबा की भविष्यवाणी

अशोक बड़ा ही सीधा साधा लड़का था, पर जब वह वहाँ बैठ कर बोलने लगा तो सुन कर हमारे होस उड़ गए, बेचारा उस दिमाग पढ़ने वाले को साधू बाबा समझ कर अपनी प्रेम आविति बताने लगा और कहानी भी ऐसी कि सुन कर हम सब की हाँसी रुकी नहीं, आपलोगों को पता है वह क्या पुछ रहा था। अशोक उस इंसान के पास बैठा और अपनी व्यथा बताने लगा, बाबा मैं एक लड़की से बहुत प्रेम करता हूँ पर आज तक उससे बताने की हिम्मत नहीं हुई मुझे डर है कही वह मेरे प्रेम प्रस्ताव को अस्वीकार न कर दे यही सोच कर मैं उससे कुछ नहीं कहता बस कभी कभी बात कर लेता हूँ, बाबा ने कहा अच्छा तुम परेशान मत हो सब ठीक हो जाएगा, पहले जो मैं पूछ रहा हूँ ओ बताना सही है या गलत, उसका नाम पूजा है, यह बोला हाँ, बाबा बोले तुम उससे पहले कोचिंग में मिले फिर उसके नाम के जरिए इंस्टाग्राम पे फॉलो किए थोड़ा बहुत बातें भी होती है, अशोक बोला, बाबा आप तो सब जानते है अब मुझे लग रहा है कि मैं अपनी परेशानी सही जगह बताया हूँ बाबा समस्या का समाधान कीजिए, बाबा बोले तुम बिल्कुल सही जगह आए हो बेटा और तुम्हें एक बात बता दूँ कि वह लड़की भी तुमसे उतना ही प्रेम करती है जितना तुम

उससे करते हो, वह बस तुम्हारे मोहब्बते इजहार के इंतजार मे है, आज रात १० बजे तुम उससे बात करना उस वक्त वह अनलाइन मिलेगी और तुम वहीं अपने प्यार का इजहार करना, अशोक पूरा भाऊक हो गया और बाबा के पैर पे गिर गया, हमलोगों को देख कर थोड़ा अजीब लग रहा था क्या कर रहा है यह लड़का, फिर सोचा चल कोई नहीं बेचारे का प्रेम मिल जाए, वह उठा बाबा बोले बेटा कुछ दे दो, अशोक झट से ५०० रुपय का नोट निकाला और बाबा को दे दिया, फिर बाहर निकला हमलोग भी बाहर निकले, सोनू पूछा अशोक तुमने हमे बताया नहीं कि तू भी किसी लड़की से प्यार करता है अशोक शर्माते हुए बोला, क्या बताता यार मुझे तो खुद हीं पता नहीं था कि ओ मुझसे प्यार करती है या नहीं पर अब इस बात की पुष्टि हो गई, रुको मैं तुमलोगों को उसकी फोटो दिखाता हूँ, वह झट से फोन निकाला, (प्यार मे कुछ तो बात है यार आज उसके चेहरे पे जो चमक दिख रही थी आज से पहले कभी नहीं दिखी) अजय बोला बेकार मे खुश मत हो वह तुम्हें ५०० का चुना लगा गया, सोनू बोला अरे रहने दे न यार अगर अशोक ने दिया है तो कुछ सोच कर ही दिया होगा, प्रकाश बोला सोनू बिल्कुल सही बोल रहा है देखा उस बाबा ने कैसे झट से अशोक के गर्लफ्रेंड का नाम बता दिया और तो और प्रेम की शुरुआत कैसे हुई वह भी बता दिया, और देखना आज रात १० बजे अशोक उसे अपने प्रेम का प्रस्ताव भेजेगा और वह स्वीकार भी करेगी, अशोक ने इंस्टाग्राम से उसका तस्वीर दिखाया, पहले मुझे दिखाओ पहले मुझे दिखाओ की होड़ लाग गई, अजय और मैं ऐसे ही चलते जा रहे थे सोनू बोला अमन देख न यार अशोक की गर्लफ्रेंड कितनी खूबसूरत है, यार अशोक की तो ५०० मे लाइफ बन गई। हमलोग भी देखे समझ आ रहा था कि सोनू और प्रकाश अशोक की खिचाई कर रहे हैं और अशोक इनकी बातों को सच मान कर खुश भी बहुत हो रहा है। ऐसे हीं बातें करते हुए मस्ति करते हुए वक्त बित गया और फिर हमलोग वापिस अपने अपने रूम चले आए। मैं रूम आने के बाद थोड़ा थका थका सा महसूस कर रहा था तो सोचा थोड़ा आराम कर लूँ और आराम के चक्कर मे कब नींद आई पता भी नहीं चला, मैं सोया ही था कि घर से फोन आया, उधर से माँ की आवाज थी माँ बोली हैलो, मैंने बोला हाँ माँ प्रणाम उधर से माँ बोली खुश रहो, सो रहे हो क्या

बेटा, मैंने सोए सोए ही बोला हाँ माँ, माँ बोली तवीयत तो ठीक है न और खाना पीना खा कर सोए हो न, मेरी नजर घड़ी पे गई ९:३० pm हो रहे थे मैं झट से उठा अरे नव बज गए, माँ पूछी क्या हुआ बेटा सब ठीक तो है न, मैंने कहा हाँ माँ सब ठीक है पर मैं आराम करते करते सो गया था अभी खाना भी नहीं बनाया है अच्छा किया तुमने कॉल किया वरना सुबह हो जाती, माँ बोली अच्छा ठीक है जल्दी खाना बना कर खा ले रात काफी हो गई है, फिर मैंने पूछा घर मे सभी ठीक हैं न, माँ बोली हाँ बेटा सब ठीक है अब तुम खाना बनाओ और खा लो, फोन रख दी, मैं झट पट उठ कर खाना बनाने लगा समय ज्यादा हो गया था तो सोचा चलो आज दलीय बना लेता हूँ रूम से नीचे गया दुकान मे दूध और दलीय लिया रूम मे आ कर गैस चालू ही किया था की सोनू का फोन आया, हैलो अमन क्या कर रहे हो मैंने बोला मैं तो खाना बना रहा हूँ तुम बताओ, उसके कहा मैंने तो कबे खा लिया और तुम्हारा इतना देर कैसे हो गया, मैंने कहा अरे यार मैं सो गया था, अभी माँ का कॉल आया तो आँख खुली, सोनू बोला तुम्हें पता है मैंने तुम्हें फोन क्यों किया है, मैंने कहा नहीं तो, उसने बोला अभी दस बजने वाले है और अभी अशोक को कॉन्फ्रेंस पर लेंगे, इतना बोल कर वह हँसने लगा, मैं भी हँसने लगा और हँसते हुए बोला मतलब तू उस बेचारे का जान ले कर रहेगा, सोनू बोला अरे नहीं नहीं अमन, मुझे अशोक के साधु दक्षिणा पे पूरा भरोसा है इसलिए अशोक का थोड़ा हौसला भी बढ़ाना है, कुछ मिनट बचे हुए हैं रुक अशोक को कॉल कर के कोन्फ्रेंस पे लेता हूँ, मैंने कहा छोड़ न यार जाने भी दे क्या बेचारे को परेशान करना, वह बोला रुक प्रकाश भी कॉल कर रहा है उसे भी कोन्फ्रेंस पे लेते हैं, प्रकाश पूछा कहाँ व्यस्त है भाई, सोनू बोला अपनी भाभी के पास, प्रकाश बोला कौन भाभी बे कभी बताया नहीं कि तेरे भईया की शादी हो गई, सोनू बोला अबे ढक्कन तेरी गिर्लफ्रेंड मेरी भाभी ही हुई न, प्रकाश बोला उससे तो मैं बात कर रहा था, सोनू बोला अरे भाई मजाक कर रहा था व्यस्त होने के लिए गर्लफ्रेंड की क्या जरूरत है जब तुम जैसे दोस्त हैं, अभी अमन से बात कर रहा था और वह भी लाइन पर ही है, प्रकाश बोल ओहो, अच्छा तुम्हें पता है मैंने तुम्हें कॉल क्यों किया है, सोनू बोला बोलेगा तब तो पता चलेगा न, प्रकाश बोला बाबा की भविष्यवाणी याद है न, चल अशोक

को कॉल करते हैं, हाँ चलो कॉल करो, वापिस प्रकाश पूछा अमन तुम भी सुनोगे, मैंने कहा क्या कर सकते हैं गेहू के साथ घुन को तो पीसना ही पड़ता है न, सोनू अशोक को फोन किया। अब आगे देखते है आखिर अशोक को लेकर बाबा ने जो भविष्यवाणी की है क्या वह सत्य होगा। मैं, सोनू और प्रकाश तीनों लाइन पे ही थे, लाइन पे बोले तो फोन पे, सोनू ने अशोक के पास कॉल किया अभी दस बजने मे सिर्फ एक मिनट बाकी थे, अशोक ने कॉल उठाया सोनू बोला हैलो मजनू क्या कर रहे हो, अशोक बोला अबे कमीने मैं जानता हूँ तुम मेरे मजे लेने के लिए फोन किए हो, देखना अभी तुम्हारी हँसी गायब हो जाएगी, सोनू बोला सिर्फ मैं ही नहीं मेरे साथ अमन और प्रकाश भी हैं, अशोक बोला अजय को क्यों छोड़ दिया उसे भी ले ले, सोनू बोला अच्छा रुक अभी लेता हूँ, हमलोग हँसने लगे, उसने अजय को कॉल किया और उसे भी लाइन पे लिया, अब पूरे दस बज चुके थे। प्रकाश पूछा क्या अशोक वह अनलाइन आई क्या, अशोक बोला अभी तो दस बजे हैं रुको आती ही होगी, सोनू बोला ट्रेन से या हवाईजहाज से कहकर हँसने लगा, उधर से अजय बोला यही सुनाने को फोन किए हो, चल मैं रखता हूँ सोनू बोला भाई भाई एक मिनट रुक न, तभी अशोक बोला आई आई अनलाइन आई, प्रकाश बोला सचमे या हवा बाजी कर रहा है, अशोक बोला अबे कमीनों रुको अभी बताता हूँ मजे ले रहे हो न, सोनू बोला अशोक लिख दे I love you, अशोक बोला तुम क्यों हड़बड़ा रहे हो मैं लिखता हूँ न, अशोक लिखा हैलो पूजा जी, कुछ देर तक देखता रहा वह जवाब दिए बिन हीं ऑफलाइन हो गई, सोनू पूछा अशोक कुछ जवाब आया क्या, अशोक कुछ नहीं बोला, प्रकाश बोला क्या हुआ कुछ बोलेगा, अशोक बोला उसने कुछ रिप्लाइ नहीं किया और ऑफलाइन हो गई, अजय बोला देखा मैंने बोला था यह सब झोल है और दो ५०० रूपय, अशोक बोला माफ करना यार मुझे लगा वह सचमे बाबा है, अजय बोला चल अब बाबा ढाबा भूल जा और आराम से सो जा फोन रखता हूँ, तभी अशोक बोला, आया रिप्लाइ आया रुको रुको, वह हैलो बोल रही है, सोनू बोला बात कर, कुछ देर तक हम सभी शांत सुनते रहे अब बस इंतजार था कि आखिर क्या होता है, क्या बाबा की भविष्यवाणी सत्य होगी आपलोग भी यही इंतजार मे हैं बहुत देर हो गई लगभग पंद्रह

मिनट और अशोक के तरफ से कोई जवाब नहीं है, मैंने पूछा क्या हुआ अशोक सब ठीक है न, अशोक बोला रुक भाई अभी तक बोला नहीं, सोनू बोला तो बोल न अब क्या फिर से उसके ऑफलाइन होने के इंतजार मे है, वह बोला उसके घर से फोन आ गया था इसलिए ऑफलाइन हो गई थी, प्रकाश बोला मतलब सब सही चल रहा है बेटा लगे रहो, अशोक बोला रुक अभी बोलता हूँ, अशोक ने आखिरकार उसे प्रपोश कर दिया, अजय पूछा कुछ जवाब आया क्या, अशोक बोला नहीं कुछ भी नहीं वह ऑफलाइन हो गई, अजय बोला लो हो गया, अशोक बोला वापिस आई, मैसेज की बाद मे बात करती हूँ, इतना बोल कर वह ऑफलाइन हो गई, सोनू पूछा क्या बोली वह, अशोक बोला वह बोली बाद मे बात करती हूँ, प्रकाश बोला अरे यार मुझे तो लगा था मैच यही समाप्त हो जाएगा पर यहाँ तो सुपर ओवर की तैयारी करनी होगी, सोनू बोला अशोक तनाव मत लेना मुझे उमीद है वह हाँ हीं बोलेगी, मैंने कहा मुझे भी लगता है हाँ ही है लेकिन रिजल्ट जानने के लिए हमे इंतजार करना होगा, अजय बोला मैं बोल रहा हूँ शत प्रतिशत वह हाँ ही बोलेगी और तुम्हारे सुबह उठने तक यह परिणाम तुम्हारे समाने होगा। थोड़ा बहुत ऐसे ही हमलोग बात करते रहे फिर फोन रख दिए । अब इंतजार है अगली सुबह की आगे क्या होगा। मैं भी खा कर सो गया ।

4

इंटरनेट ने किया प्रकाश के साथ धोखा

इंटरनेट ने कियाप्रकाश के साथ धोखा

अगली सुबह लगभग छः बजे थे, मैं सोया हुआ था एक कॉल आया मैं सोए सोए ही कॉल उठाया, हैलो कौन, उधर से प्रकाश की आवाज थी वह बहुत परेशान था, मैं झट से उठा और पूछा क्या हुआ प्रकाश तुम परेशान क्यों हो, वह बोला भाई मेरा बैंक अकाउंट खाली हो गया उसमे तीस हजार थे, मुझे कुछ भी समझ नहीं आ रहा यह सब कैसे हो गया, मैंने पूछा कही से कोई कॉल आया था क्या, उसने बोला नहीं यार अजनबी कॉल तो नहीं आया, मैंने पूछा फेस्बूक से किसी लड़की का कॉल या कुछ भी, उसने बोला फेस्बूक पर तो हर दिन कितनी लड़कियों से मुलाकात होती है, मैंने पूछा अच्छा बताओ तुम्हें यह मैसेज कब आया था कि तुम्हारा अकाउंट खाली हो गई, उसने बोला मैंने देखा ही नहीं यार मेरा सिम फोन से बाहर था दुसरा सिम प्रयोग कर रहा था, मैंने पूछा तो पेटीम सब कैसे चलता है, वह बोला वह सब तो अब ऐसे भी चलता है, मैंने पूछा अच्छा यह बताओ किसी अनजान लिंक पे क्लिक किए थे क्या, उसने बोल बहुत सारे लिंक आते रहते है यार कौन सा बताऊँ, मैंने पूछा किसी लड़की ने जो भेजा हो, प्रकाश बोला लड़की से क्या मतलब, मैंने कहा देख प्रकाश मैं तुम्हें अच्छे से जनता हूँ तुम लड़कियों पे आँख बंद कर के भरोसा कर लेते हो और

इसलिए जानना बहुत जरूरी है, प्रकाश बोला बहुत लड़किया लिंक भेजती है और मैं सब पर क्लिक करता हूँ, अच्छा अभी तुम कितने लड़कियों के करीब हो वह बोला आठ, मैंने पूछा उसमे तुम्हें किसी पर संदेह, प्रकाश बोला नहीं यार सभी अच्छी है, मैंने कहा बोली पे मत जाओ, दिल से नहीं दिमाग से सोच कर बताओ, उसने बोला अच्छा रुक मुझे सोचने दे, मैंने कहा ठिक है सोच, उसने बोला भाई मेरा पैसा तो आ जाएगा न, मैंने कहा देखो पूरा तो नहीं कह सकते पर कोशिश कर सकते है, प्रकाश बोला हाँ एक है जिसपे मुझे संदेह है मैंने कहा उसका नाम बताओ, वह बोला नाम काजल है, मैंने पूछा उसका फोन नंबर है क्या, उसने बोला नहीं अभी कुछ ही दिन पहले उससे दोस्ती हुई है, मैंने कहा ऐसा कर तू मेरे रूम आजा क्योंकि फोन पे सब नहीं हो पाएगा और अपना लैपटॉप भी लेते आना, वह बोला अच्छा ठीक है। इतना बोल कर मैं फोन रख दिया और सोचने लगा, तभी उधर से सोनू का कॉल आया, शुभ प्रभात अमन क्या कर रहे हो, मैंने बोला कुछ नहीं तुम बताओ, सोनू बोला अशोक फोन किया था वह पार्टी दे रहा है, मैंने पूछा क्यों, उसने कहाँ बेचारे को रिप्लाइ मिल गया है **"हसीना मान गई"** लो अभी लाइन पर ही है, उधर से अशोक बोला कैसे हो, मैंने कहा बढ़िया तुम बताओ यह खुशखबरी कब मिली, उसने बोला रात को ही दो बजे, मैंने कहा चल मुबारक हो लेकिन ध्यान रखना, उसने कहा क्या ध्यान रखना है, मैंने बोला रात को प्रकाश का अकाउंट से तीस हजार किसी ने उड़ा दिया, सोनू चौक कर पूछा क्या, मैंने बोला अभी प्रकाश से ही बात हो रही थी बेचारा रो रहा है और बोल रहा था यार अकाउंट मे सिर्फ तीस हजार ही बचे थे और वह भी गायब हो गए, मैंने उसे अपने रूम बुलाया है वह आ ही रहा होगा, अशोक बोला मैं उसे हमेसा बोलते रहता था इतना लड़की बाजी मत कर पर सुनता कहा है, सोनू बोला बाबा जी ज्यादा ज्ञान मत दीजिए, कल आपको भी देखा है बाबा को कैसे दक्षिणा दे रहे थे, उसने बोला मैं उसके जैसे सभी लड़की के पीछे थोड़ी न भागता हूँ, अगर मैं इस लड़की को नहीं जनता तो इससे भी दूर रहता, सोनू बोला ज्यादा सरीफ़ मत बन मुझे सब पता है, उसने बोला क्या पता है बोल, मैंने बोला तुमलोग हो गए शुरू, अशोक बोला मैं कहाँ वह तो सोनू ही बोल रहा हैं, मैंने कहा पहले यह सोचो कि अब

प्रकाश का कैसे होगा बेचारा रो रहा है, सोनू बोला मैंने उसे बहुत समझाया था यार, मैंने बोला अभी वह खुद परेशान है अभी समझने समझाने का वक्त नहीं है, अभी जैसे भी हो उसे संतावना दो कि सब ठीक हो जाएगा, जब समाधान हो जाएगा तब जो मन उसे कहते रहना समझे, लेकिन उससे पहले नहीं, सोनू बोला अच्छा ऐसा करो तुम भी खाना बना लो और खा लो, हमलोग भी आ रहे हैं, मैंने बोला ठीक है और अजय को भी लेते आना, उसने बोला ठीक है । उसके बाद मैं खाना बनाया और खा लिया अब वे लोग भी आते ही होंगे देखते हैं अब आगे क्या होता है ।

इस इंटरनेट की दुनिया मे जब टेक्नॉलजी आसमन को छु रही तब न जाने कितने लोगों हर दिन इंटरनेट पे चाहे वह फेस्बूक के रास्ते हो इंस्टाग्राम के रास्ते हो वाहटस्प के रास्ते हो या लौटरी के बहाने तमाम तरह के वेबसाईट हैं, हर तरह से लोगों को ब्लैकमेल किया जा रहा हैं, हर मिनट कितने ही लोगों का अकाउंट खाली हो जा रहे हैं। कुछ आमिर कुछ गरीब के पैसे लूटा रहा है, इंटरनेट की दुनिया मे हर वक्त कुछ अच्छा तो कुछ बुरा हो रहा है। कभी कभी तो ऐसा होता है कि कोई इंसान महीनों से कोई बीमारी के इलाज के लिए पैसा जमा कर रहा होता है और वह पैसा फ्रॉड के द्वारा चोरी कर लिया जाता है जिसका परिणाम, ज्यादातर रोगी की मौत हो जाती है ।

दस बज रहे थे वे चारों आ गए, मैंने पूछा प्रकाश तुमने खाना बनाया था उसने बोला हाँ मैंने खाना खा लिया है। अजय ने प्रकाश से पहले सारी बातें जानी कि कैसे क्या हुआ, प्रकाश सब बात बताया अजय उसका फोन लिया और नेट बैंकिंग के जारी पैसा कटवती कैसे हुई सब चेक किया, फिर प्रकाश के जितने भी फेस्बूक फ्रेंड ने कोई लिंक भेजे थे सब चेक किया, उस चेकिंग के दौरान अजय को कुछ और भी मिला ।

5

प्रकाश को किया जा रहा है ब्लैकमैल

प्रकाश को किया जा रहा है ब्लैकमैल

प्रकाश किसी ब्लैकमैल का भी सामना कर रहा था, अजय ने प्रकाश से पूछा प्रकाश कोई और भी समस्या है क्या, उसने बोला अब जब तुम्हारे और अमन के हाथ आईडी लग गई है तो भला क्या छुपा रह गया है। एक बार फेस्बूक पे एक लड़की ने कॉल किया विडिओ कॉल, मैंने उठाया तो देखा उसका पूरा शरीर निर्वस्त्र था कुछ हीं पल मे फोन कट गया और शायद ओ स्क्रीन रिकॉर्डिंग कर रही थी, फिर उसने ओ रिकार्ड विडिओ को एडिटिंग कर के बहुत गंदा रूप दे दी और मुझे भेजी, बोली मैं इस विडिओ को वायरल कर दूँगी, जब वह इस तरह की बातें करने लगी तो मैं डर गया और उससे कहा ऐसा मत करना मैं तुम्हारे आगे हाथ जोड़ता हूँ, तो वह बोली ठीक है नहीं करूंगी लेकिन एक शर्त है और फिर ओ कुछ पैसे की मांग की, बोली मुझे इतने पैसे दो वरना मैं वायरल कर दूँगी, तो मैंने उसे पाँच हजार दे दिया, अजय बोला और तुम उसे अब तक कितने पैसे दे दिए, प्रकाश बोला यार अभी तक मैंने पंद्रह हजार दे दिया है। मैंने बोला तुम ऐसा कैसे कर सकते हो यार पहले से ही तुम दलदल मे फसे हुए हो फिर भी सुधारने का नाम नहीं ले रहे, प्रकाश बोला बहुत बड़ी गलती हो गई यार, बस इस बार किसी तरह इस दलदल से निकाल दो आगे से

ऐसी गलती कभी नहीं करूंगा, अजय बोला हमलोग तो सोचते थे तुम बस मस्ती करते होगे और इतनी तो समझदारी होगी कि किसी फ्रॉड के जाल मे नही फसोगे, एक बार अगर फस भी गए तो दुबारा वैसा कुछ नहीं करोगे पर तुम तो महामूर्ख निकले, पहले से एक पैर दलदल मे है और निकालने के बजाए दूसरा पैर भी डाल दिए, प्रकाश बोला यार ऐसा फिर कभी नहीं होगा किसी तरह इस मुसीबत से निकाल दो, अजय बोला अच्छा ठिक है रुक देखते है, पहले इस विडिओ वाला मामल को सुलटाना होगा क्योंकि बैंक वाला मामला बहुत बड़ा है, और यह मकड़ी के जाल जैसे हैं, पहले इस मकड़ी के जाल को काट कर तुम्हें बाहर निकालते हैं फिर उसे देखते हैं, मैंने पूछा किसी और के साथ तो ऐसा मामला नहीं है न, सोनू तुम्हारे साथ, सोनू बोला इतना भी गधा मत समझो, अजय बोला गधा तो मैं प्रकाश को भी नहीं समझता था पर देखो, फिर अजय बोला देख भाई बुरा मत मानना ऐसा मत सोचना कि जितना मदद नहीं किया उससे ज्यादा खरी खोटी सुना दिया, प्रकाश बोला नहीं भाई ऐसा कुछ नहीं है घर के बाद सबसे करीबी दोस्त ही तो होते हैं और दोस्त ही नहीं सुनाएगा तो कौन सुनाएगा, तुम जो भी बोल रहे हो मेरे भले के लिए बोल रहे हो, मैंने बोला ऐसी गलती बड़े बड़ों से हो जाती है पर आगे से ध्यान रखना।

“जब भी कोई अनजान कॉल आए तो पहले सुनो, लिंक आए तो पहले समझो, समझ न आए तो किसी को दिखाओ या मिटा दो किसी भी अनजान लिंक पे क्लिक मत करो या कोई विडिओ कॉल करे तो कैमरा पे हाथ रखो और उसके बाद कॉल उठाओ जिससे तुम बड़ी दुबिधा से बच सकते हो, अगर फंस गए हो तो तुरंत साइबर क्राइम पोर्टल पे अपना कॉमप्लान्ट दर्द करवाओ तुम कॉल भी कर सकते हो इसमे कहीं जाने की जरूरत भी नहीं होगी वह तुम्हारी मदद करेंगे, होता क्या हैं हमारे साथ कि कोई ऐसी केस हो जाती है तो हम खुद की इज्जत बचाने के चक्कर में खामोश हो जाते हैं किसी से कुछ नहीं कहते छुपाते फिरते हैं, और इसका फायदा वह फ्रॉड उठाते हैं और हमलोगों से पैसे की मांग करते हैं और हम उन्हे देते जाते हैं, आपको क्या लगता हैं वह विडिओ बना लिया तो थोड़े पैसे मे मिटा देगा, बिल्कुल नहीं, उनका काम होता हैं सिर्फ पैसा कमाना,

एक बार अगर आप उनके चंगुल मे फस गए तो आप समझो की जिस तरह एक मक्खी मकड़ी के जाल मे फसती है उसी प्रकार आप फसते जाएगे, इससे बचने का एक ही तरीका साइबर सुरक्षाकर्मी को सारी बात बताइए वह आपकी पूरी मदद कारेगे"।

चलिए देखते हैं प्रकाश को कैसे निकलते हैं।

6

अमन और अजय ने किया फेस्बूक सहित फोन हैक

अमन और अजय ने किया फेस्बूक सहित फोन हैक

मैंने बोला अजय अपना लैपटॉप ओपन कर प्रकाश तुम भी करो और मैं भी देखता हूँ। हम तीनों ने अपना अपना लैपटॉप ऑन किया। अमन ने कहा सबसे पहले, उसका फेस्बूक उसी के जरिए, हैक करते हैं अगर वह नहीं फसी तो अपना तरीका लगाएंगे पहले नॉर्मल तरीके से हैक करते हैं और हम तीनों ने उस लड़की के आइडी पे फ्रेंड रीक्वेस्ट भेजा जिसने प्रकाश को ब्लैक्मैल किया है। सबसे पहले अजय का फ्रेंड रीक्वेस्ट स्वीकार की, अजय बोला अरे यह तो अनलाइन है मेरा रीक्वेस्ट भी स्वीकार कर ली, लगता हैं उसका दिन भर यही काम रहता हैं लेकिन आज तो यह गई रुको हैकिंग लिंक बनाते हैं। अजय ने एक लिंक बना कर भेजा और बोला अगर यह इस लिंक पे क्लिक करती है तो इसका फोन हैक हो जाएगा फिर हम सब देख पाएगे, और फिर सारा कंट्रोल हमारे हाथ मे आ जाएगा, सोनू बोला अगर उसे पता लग गया तो कि मेरा फोन हैक हो गया है, अजय बोला तू बस देखता जा कुछ ही मिनट मे

क्या से क्या होता है। अरे यह क्या मिशन कामयाब उसका फोन हैक हो गया, अजय ने मुझे कहाँ तुम दूसरे लैपटॉप से उसका फेस्बूक हैक करो, मैंने कहा थोड़ा रुको क्योंकि फोन उसके हाथ मे है उसे पता चल सकता है, मैं उसका फेस्बूक हैक कर लूँ उससे पहले तुम उसके फोन का डाटा देखो, तभी मैंने देखा कि वह ऑफलाइन हो गई, मैंने कहा अजय अब शुरू करो अपना काम, अजय विडिओ ढूंढने लगा, यह क्या यार इसके पास तो बहुत सारे ऐसे विडिओ हैं, तब तक मैंने भी उसका फेस्बूक हैक कर लिया, मुझे भी कुछ मिला इसका यह व्यवसाय है, सबके साथ यह यही करती है, मैंने बोला यार अजय यह तो कितनों की जिंदगी बर्बाद कर रही है क्या किया जाए, अजय बोला ऐसा कर, तुम उसका पूरा फेस्बूक का डेटा क्लीन कर और उस फेस्बूक को हमेसा हमेसा के लिए बंद कर दो और मैं उसके फोन को क्लीन करता हूँ, प्रकाश पूछा वह रिकवर भी तो कर सकती है अजय बोला मैं उसके फोन मे वायरस डाल देता हूँ उसके बाद वह कोई भी चीज रिकवर नहीं कर पाएगी, एक तरह से करपट कर देंगे। इतना बोल कर अजय अपने काम मे लग गया। मैंने भी फेस्बूक को बर्बाद करना शुरू किया, थोड़ी हीं देर मे उसका सब कुछ बर्बाद हो गया, ऐसा कर दिया कि अब वह उस फेस्बूक को कभी भी ओपन नहीं कर पाएगी, सोनू बोला अमन उसके फेस्बूक को भी कुछ ऐसा कर जिससे वह इस फेस्बूक को कभी शुरू न कर पाए, मैंने कहा तुम कह रहे हो और मैंने कर दिया। आज प्रकाश के कारण कितनों की जीवन की बहुत बड़ी दुविधा दूर हो गई। अजय बोला लो मैंने अपना काम पूरा कर दिया। चल प्रकाश हो गया तेरा एक पैर दलदल से बाहर, प्रकाश के आँख नम हो गए, अजय बोला अबे तुम्हें क्या हुआ तेरा समस्या हल हुआ है तुम्हें तो खुश होना चाहिए और तुम आँसू बहा रहे हो, प्रकाश बोला यार मैं तुमलोगों का शुक्रिया कैसे करू कुछ समझ नहीं आ रहा है, मैंने कहा चल ज्यादा भाउक मत हो, दोस्त हैं हम तेरे, क्या तुम्हारे लिए इतना भी नहीं कर सकते, प्रकाश बहुत ज्यादा भाउक हो गया इतना की पूछो मत ऐसा लग रहा है जैसे बहुत दिन बाद कोई माँ अपने बच्चे से मिल रही है। अजय बोला प्रकाश अभी तुम्हारा एक पैर दलदल मे ही है प्रकाश बोला भाई पैसा का क्या है मुझे तो सबसे ज्यादा डर इस विडिओ का था क्योंकि

पैसा आता जाता रहता है पर इज्जत एक बार चली गई तो फिर वापिस नहीं आती, अब मुझे बहुत बड़ी राहत मिली है। अशोक बोला अब पार्टी तो बनती है क्यों प्रकाश, सोनू बोला अबे पहले तू दे पार्टी तुझे प्रेमिका मिली है, अशोक बोला मैं तो दूंगा ही इसमे कोई सेंदह नहीं है। अजय और मैं अभी भी लगे हुए थे कि आखिर पैसा कैसे आएगा। हमलोग लगातार चेक कर रहे थे कि एक लिंक मिला, यह वही लिंक है जिसके द्वारा प्रकाश का अकाउंट खाली हुआ है। मैंने बोला अजय देख यही है, फिर प्रकाश से पूछे इससे और भी कुछ बात हुई थी क्या, प्रकाश बोला हाँ पर प्राइवेट था इसलिए डिलीट कर दिए, सोनू बोला खिलाड़ी हो बेटा प्राइवेट बातें हाँ, प्रकाश बोला हाँ यार, अजय बोला और वही बातें जो तुम्हारी जेब काट ली, प्रकाश बोला क्या करे यार पर आज के बाद मैं ऐसा कभी नहीं करूंगा, अभी प्रकाश ने बात पूरा भी नहीं किया था कि उसकी फोन की घंटी बज गई love नाम से, अजय प्रकाश को फोन देते हुए पूछा अब यह कौन है, प्रकाश बोला, नेहा, सोनू पूछा यह भी फेस्बूक फ्रेंड होगी, उसने बोल नहीं यह मेरी गर्लफ्रेंड है, फिर उसने कॉल उठा कर स्पीकर पे डाला, हैलो, प्रकाश बोला हाँ बोलो, नेहा पूछी क्या हुआ, प्रकाश बोला तुम्हें पता है न मेरे दोस्त कौन है और जिनके पास अजय और अमन जैसा दोस्त हो उसका भला कोई क्या बिगाड़ सकता है, मैंने बोला अबे ज्यादा फेक मत, वह थोड़ी देर बात किया फिर उसने फोन कट कर दिया, अजय बोला प्रकाश एक बात बताओ क्या नेहा भी जानती है कि तुम फेस्बूक पे लड़कियों से ऐसे फलर्ट करते रहते है, प्रकाश बोला हाँ यार उसे कैसे छुपा सकते हैं, मैंने बोला हाँ छुपना तो सिर्फ दोस्तों से चाहिए क्यों, सोनू बोला अच्छा ओ इतना सब जानते हुए भी वह तुमसे बात करती है, प्रकाश बोला ओ कहती है मुझे खुदपे और उससे भी ज्यादा अपने प्यार पे भरोसा है और मैं जानती हूँ कि तुम एक न एक दिन जरूर सुधर जाओगे। सोनू हँसते हुए बोला धन्य है प्रकाश की प्रेमिका धन्य है इनकी प्रेम कहानी और उससे भी अच्छी है इसकी प्रेमिका, हम सभी हँसने लगे, प्रकाश बोला लगता है नेहा जी का विश्वश बिल्कुल सही था देखना आज के बाद मैं नेहा के अलावा किसी भी लड़की से बात नहीं करूंगा। सोनू बोला यह तो ऐसे ही हुआ न कि बिल्ली बोल रही है आज के

बाद मैं दूध पीना तो छोड़ो, उसके तरफ देखूँगी भी नहीं। फिर हम सभी ठहाका मार कर हँसने लगे, प्रकाश बोला सचमे यार, अजय बोला यार यह आईडी लिंक तो कुछ समझ ही नहीं आ रहा, मैंने बोला लगता है इस कबूतर को वापिस दाना डालना पड़ेगा वरना उसे पकड़ना तो छोड़ हम देख भी नहीं पाएंगे, अजय बोला मैं समझ गया तो चलो हमलोग दाना डालना शुरू करते हैं, प्रकाश बोला भाई ज्यादा रिस्क मत लेना, मैंने बोला अबे तू जिस काम के लिए आया है वही काम तो कर रहे हैं, प्रकाश बोला सच पूछो तो जब मेरा पहला पैर दलदल मे फसा तो मैं परेशान जरूर था और निकलने की कोशिश भी कर रहा था पर निकल नहीं पा रहा था, तभी दूसरा पैर भी फस गया, मैं यह जानता हूँ कि यह पैसा वापिस नहीं मिलेगा इसलिए सोचा वहाँ जाऊंगा तो पहले अपनी पहली परेशानी के बारे मे बताऊँगा पर तुमलोगों ने पहले ही देख लिया, अब कोई बात नहीं है, अजय बोला देख भाई अब जब यह परेशानी आ हीं गई है तो अब यह सिर्फ तुम्हारी नहीं बल्कि बहुत सारे लोगों की बात है, तुम्हारे जैसे कितने लोग होंगे जो इसके चपेट मे आए होंगे और हमारा मकसद सिर्फ पैसा निकालना नहीं बल्कि उन्हे ढूँढना भी हो गया है। प्रकाश बोला यार इसमे बहुत बड़ा लफड़ा हो सकता है छोड़ खत्म कर इस बात को, अजय बोला अब जो भी हो मैदान मे उतर गए हैं तो चैप्टर क्लोज़ कर के ही दम लेंगे, अब हमलोग पूरा गंभीर हो गए, सोनू प्रकाश अशोक सब घबरा गए, यार प्रकाश सही बोल रहा है इसमे बहुत लफड़ा है कुछ गड़बड़ भी हो सकता है, अजय बोला कुछ गड़बड़ नहीं होगा जब अमन मेरे साथ है तो डरने की क्या बात है क्यों अमन, मैंने कहा बिल्कुल सही, सोनू प्रकाश अशोक तीनों बोले सिर्फ अमन ही क्यों अगर जंग मे उतरेंगे तो पाँचों। चलो अब शुरू करते है एक नया खेल।

7

लक्ष्य अनलाइन धोखाधड़ी करने वाले को पकड़ना

लक्ष्य अनलाइन धोखाधड़ी करने वाले को पकड़ना

मैंने झट से एक फेस्बूक अकाउंट बनाया कुछ फोटो पोस्ट किए, अब **"मिस सवेता"** के पास फ्रेंड रीक्वेस्ट भेजते हैं, यह लो भेज दिए। यह सवेता वही है जिसके आइडी द्वारा एक लिंक आया और प्रकाश का तीस हजार उड़ गया। जब तक ओ फ्रेंड रीक्वेस्ट एक्सेप्ट करती है हमलोग थोड़ा अपने बॉडी को सही कर लेते हैं क्योंकि बैठे बैठे शरीर अकड़ गया है, तभी ध्यान गया समय पर, यार ४ बज गए। ऐसा करते हैं समय बहुत ज्यादा हो गया अब अपने अपने रूम चलते है और जब तक इसे पकड़ नहीं लेते हम सभी एक दूसरे के कॉन्टेक्ट मे रहेंगे ठीक है, हाँ ठीक हैं, प्रकाश बहुत ही ज्यादा भाऊक हो रहा था, फिर सभी अपने अपने रूम चले गए। मैं भी अपने रूम से निकला और थोड़ा आगे तक उनके साथ गया।

चलिए देखते है अब आगे क्या होता है।

मैं रूम पहुँच ही रहा था कि मेरे मोबाईल मे किसी का मैसेज आया, यह मैसेज संध्या का है, अब आप सोच रहे होंगे यह संध्या कौन है तो बता दे कि यह संध्या वही लड़की है जिससे अमन यानी मैं मोहब्बत करते हैं, बेइंतिहा मोहब्बत, पर उन्हे इस बात की खबर नहीं, " **उन्हे इस बात की खबर नहीं क्योंकि यह इश्क एकतरफा है, ओ नहीं मरती मुझपे सिर्फ यह अमन है जो उनपे अपनी जान छिड़कता है**", वह अमन से कभी बात नहीं करती कभी कभार अगर मन हुआ तो मैसेज का रिप्लाइ देती है अन्यथा नहीं। लेकिन क्या करे "**इस जालिम दिल पे किसी का जोर नहीं, आज तक किसी पे फिदा नहीं हुआ और देखो उन्हे देखते ही उनका हो गया**" यह दिल कहता है वह किसके लिए बनी है यह तो मैं नहीं जानता पर मैं सिर्फ उनके लिए बना हूँ।

8

अमन और संध्या की प्रेम कहानी

अमन और संध्या की प्रेम कहानी

जैसे ही अमन की आँखों ने देखा कि यह मैसेज संध्या का हैं दिल धक-धक करने लगा, राजधानी की तरह स्पीड पकड़ ली, आपलोग भी सुनिए उस धड़कन की आवाज " धक धक, धक धक, धक धक." लो अब उनका कॉल भी आ गया, अमन कॉल उठाया, वह पूछी हैलो कैसे हैं, मैंने बोला मैं ठीक हूँ, आप बताइए आप कैसे हैं, वह बोले मैं भी ठीक हूँ और इस वक्त दिल्ली मे हूँ, जैसे ही अमन ने सुना कि वह दिल्ली में हैं अमन यानी मेरे दिल मे अजीब सी खुशी की लहर उठने लगी, अब तो पूछो मत भाई क्या हो रहा हैं, मैनें पूछा दिल्ली मे कहाँ पे, वह बोले पहले आप बताइए आप कहाँ हैं, मैंने कहा मैं तो अभी रूम मे हूँ और आप, वह बोले अभी तुरत ट्रेन से उतरी हूँ, मैंने कहा साथ मे कोई है या मैं आऊं, वह बोले आप आकर क्या कीजिएग, फिर बोली मैं अपने दोस्त के साथ आई हूँ और कुछ दिन दिल्ली मे ही रहूँगी, लेकिन वह रूम मे नहीं रहेगी तो मुझे दिल्ली कौन घुमाएगा इसलिए आपको कॉल की हूँ, मैंने कहा यह तो मेरे लिए स्वाभाग्य की बात है, मुझे आपके साथ घूमने का मौका मिलेगा, वह बोले क्या, मैंने कहा मतलब आपको जब मन करे आप कॉल कीजिए मैं तुरंत हाजिर हो जाऊंगा, वह बोले अच्छा ठीक है,

मैंने वापिस पूछा आपकी सफर कैसी रही, वह बोले दिल्ली आने की खुशी मे मुझे कुछ समझ ही नहीं आया, मैंने कहा मतलब आप बहुत खुश है वह बोली हाँ बहुत बहुत बहुत ज्यादा और आप मुझे दुःखी मत कर दीजिएगा चलिए फोन रखती हूँ, रूम मे जा कर आपको कॉल करूंगी, मैंने कहा ठीक है, दिल्ली मे आपका स्वागत है वह फोन रख दिए। अब लो अमन की खुशी तो सातवे आसमान पे है संध्या दिल्ली आई है और अमन के साथ घूमेगी, क्या बताए जो मैं महसूस कर रहा हूँ काश कि मैं अपनी खुशी दिखा पता। मैं झट से अजय को फोन किया और बोला हैलो अजय, अजय पूछा क्या बात है भाई, मैंने बोला अजय, अजय कहा क्या बात हैं अमन लाइफ मे पहली बार तुम्हें इतना खुश देख रहा हूँ कोई लॉटरी लग गाई क्या, मैंने कहा लौटरी नहीं यार जैकपोर्ट बोल कुबेर का पूरा खजाना मिल गया है, अजय बोला यह तो सच है तुम्हें कहीं कुछ तो मिला है अन्यथा इतना तो तू कभी खुश नहीं होता, चल साफ साफ बता क्या हुआ, मैंने कहा यार संध्या दिल्ली आई है अजय बोला तो इसमे इतना खुश होने की क्या बात है, मैंने कहा यार वह मुझे कॉल की और बोली वह मेरे साथ दिल्ली धुमेगी। अजय पूछा क्या वह सचमे ऐसा बोली, मैंने कहा हाँ यार ले मैं तुम्हें कॉल रिकॉर्डिंग भेजता हूँ, अजय बोला अरे भाई फिर तो यह सचमे खुशी की बात है तुम्हें कुबेर नहीं पूरी दुनिया ही मिल गाई। मैंने कहा हाँ यार, अजय बोला भाई मैं तेरी खुशी समझ सकता हूँ, जिससे मोहब्बत हो खासकर कर एकतरफा और वह कॉल करके बोले मैं तेरे साथ घूमना चाहती हूँ तो मानो जीते जी सवर्ग का सीघासन मिल गया हो, अजय बोला अमन इसी बात पे एक शायरी हो जाए मैंने कहाँ एक क्यों मैं तीन तीन सुनता हूँ ।

" मोहब्बत शायरी

"चेहरे की हसी मेरे होंठों की मुस्कान आई है, दिल्ली मे बनकर मेहमान आज मेरी जान आई है, देखना आज चाँद की अकड़ कम हो जाएगी, क्योंकि दिल्ली के छत पर चलकर मेरे साथ आज मेरी जान आई है"।

"न लिपलोज न होंठों पे होंठलाली होगी, दूर से चमकेगी ओ बेसक रात काली होगी, देखना उनके स्वागत मे आज गगन से चाँद तारे भी

धरा पे आएंगे, देखना आज पूरी रात चाँद तारे दिल्ली मे दिवाली मनाएंगे "।

"संध्या नाम है उनका, देखना आज शाम भी शरमाएगी, जब ओ पीली ड्रेस मे मेरे साथ छत पर आएगी, अरे इंसान तो इंसान प्रकृति भी उनकी घनेरी जुल्फों मे खो जाएगी, देखना उसके दीदार को आज आसमान से अप्सरा भी आएगी" ।

अजय बोला बस कर भाई कही ऐसा न हो कि मैं भी तेरे ख्वाबों की दुनिया मे गोता लगाने लागू' मैंने कहा मैं तुम्हें बता नहीं सकता यार कि मैं कितना खुश हूँ, अजय बोल मैं समझ सकता हूँ यार तुम्हारी खुशी यह तो वही समझ सकता है जिसे किसी से मोहब्बत हुआ हो,

" एक दीवाना जब भी अपनी महबूबा की तारीफ करेगा, कोहिनूर क्या सितारा क्या, चाँद की खूबसूरती भी उसके आगे फीका लगेगा" ।

अगली सुबह संध्या का कॉल आया हैलो अमन गुड मोर्निंग कैसे हो, यह पहली बार था जब संध्या मुझे गुड मॉर्निंग बोली थी, मैं भी बोला मैं तो एक दम मस्त हूँ आप बताइए आप कैसे हैं और दिल्ली मे रात कैसे कटी ज्यादा मच्छर परेशान तो नहीं किए न, संध्या बोली नहीं नहीं बिल्कुल नहीं, मैंने कहा ओ तब फिर बढ़िया है, और आज कही घूमने जाना है क्या, वह बोली मैं तो यहाँ पहली बार आई हूँ तो आप ही बताइए पहले कहाँ चले, मैंने कहा पहले हमलोग लाल किला से होते हुए इंडिया गेट जाएंगे ठीक है, वह बोले एक दिन मे इंडिया गेट और लाल किला घूम लेंगे, मैंने कहा नहीं, वह बोले तो फिर कोई एक जगह बताइए, मैंने कहा तो फिर आज लाल किला देखते है ओ बोली हाँ, मैंने पूछा तो कब चलिएगा, वह बोली बस मैं फ्रेश होती हूँ, नहाकर खाना खा कर निकलते हैं, मैंने कहा अच्छा ठीक है, फिर मैं झट पट नहाया खाया और तैयार हो कर संध्या को कॉल किया, संध्या की दोस्त फोन उठाई वह बोली संध्या अभी नहाने गई है, मैंने कहा अच्छा ठीक है, वह बोली अच्छे से लेकर जाइएगा क्योंकि संध्या के घरवाले आपको नहीं मुझे जानते हैं और अभी संध्या मेरी जीमेवारी है इसलिए अच्छे से ध्यान रखिएगा, मैंने कहा आप चिंता मत कीजिए मैं उन्हे अपनी जान से भी ज्यादा संभाल के रखूँगा, वह बोली क्या, मैंने बोला कुछ नहीं मैं उन्हे अच्छे से ले जाऊंगा और

सही सलामत उन्हे आपको सौपूँगा, वह बोली मुझे कोई फिल्मी डायलोक सुनाई दिया था इसलिए दुबारा बोलने को बोली, मैंने कहा आप बिंदास रहिए संध्या जी को अच्छे से घूमाने की जीमेवारी मेरी है। वह बोली अच्छा ठीक है मैं ऐसा करती हूँ आपका नंबर ले लेती हूँ, कॉल करूंगी तो उठाइएगा, मैंने बोला अच्छा ठीक है, तभी उधर से आवाज आया अमन है क्या, वह बोली हाँ, संध्या झट से फोन ले ली और बोली आप तैयार हुए या प्लान कैंसिल करने को फोन किए हैं, मैंने कहा मैं कबसे तैयार बैठा हूँ, बस आपको ही देरी है ओ बोली मैं झट से तैयार हो कर आपको कॉल करती हूँ। थोड़ी देर मे अजय का कॉल आया क्या अमन जा रहे हो, मैंने कहा हाँ लाल किला जा रहा हूँ, अजय बोला अच्छा से जाना बेस्ट ऑफ लक और पैसे हैं न, मैंने कहा हाँ, वह बोला ठीक है फिर कही कोई दिक्कत हो तो बोलना हमलोग तुरंत आएंगे, मैंने बोला ठीक है और फोन रख दिया।

9

संध्या और अमन घूमेंगे दिल्ली का लाल किला

संध्या और अमन घूमेंगे दिल्ली का लाल किला

थोड़ी देर मे संध्या की कॉल आई, हैलो अमन मैं तैयार हो गई, आप कहाँ हैं, मैंने कहा बस अभी पहुँचता हूँ, मैं रूम से निकल गया ऑटो लिया और उनके रूम के पास पहुँच गया। थोड़ी ही देर मे संध्या और उनकी दोस्त भी आ गई। संध्या पूछी कैसे हैं आप, मैंने कहा मैं एकदम ठीक हूँ और आप, वह बोले मैं भी एक दम मस्त हूँ, अच्छा अमन देखिए मैं कैसी लग रही हूँ, मैंने कहा चाँद की तरह खूबसूरत लग रहे है, संध्या बोली धन्यवाद, मैंने पूछा चाँद जैसी का मतलब जानते भी हैं या ऐसे ही धन्यवाद बोल दिए, संध्या बोली चाँद खूबसूरत होता है और आपने मुझे चाँद कहा यानी मैं बहुत खूबसूरत लग रही हूँ, मैं हँसने लगा वह बोली आप हाँस क्यों रहे हैं, मैंने कहा चाँद दूर से खूबसूरत लगता है पर पास जाने पर उसका आधा मेकूप धूला हुआ सा लगता है, वह बोली मतलब मेरा मेकप, पर मैं तो मेकप करती ही नहीं, संध्या अपने दोस्त के तरफ देखी और बोली सीतल देख तो, सीतल बोली यह मजाक कर रहे हैं सब

ठीक है, मैंने कहा जरा इनके कान पे देखिए क्या लगा हुआ है, सीतल देखी और बोली हाँ यार रुक, सीतल संध्या का दुपट्टा ली और उनके कान पे लगे पाउडर को साफ की, मैंने कहा हाँ अब न लाग रहे है स्वर्ग की अप्सरा जैसी, संध्या बोली मुझे नहीं पता था आपकी नजर इतनी तेज है, मैंने बोला वैसा कुछ नहीं है थोड़ी ज्यादा चमक रही थी तो नजर चली गई, संध्या बोली ठीक है सीतल, अब तुम जाओ हमलोग भी जाते हैं, सीतल बोली अच्छे से जाना, संध्या बोली अमन हैं न यह मुझे अपनी जान से भी ज्यादा ख्याल रखेंगे, सीतल बोली तुमलोग दोस्त ही हो न, संध्या बोली हाँ पर क्यों, सीतल बोली क्योंकि फोन पर अमन भी यही बोले थे, मैंने कहा अरे नहीं मैंने तो ऐसे ही कहा था, सीतल बोली मतलब आप संध्या का ख्याल नहीं रखोगे, मैंने कहा अरे मैंने ऐसा कब कहा, संध्या बोली अच्छा सीतल अब शाम को मिलते है फिर बात करते हैं उसके बाद जो पूछना हो पूछ लेना, संध्या इतना कह कर मेरा हाथ पकड़ ली और बोली चलिए। संध्या जैसे ही मेरा हाथ पकड़ी मेरे दिल की धड़कन मानो हजार की स्पीड से धड़कने लगी हो, लेकिन पाँव जैसे धरती मे जम गए हो, यह पहली बार था जब किसी लड़की ने अमन का हाथ इस तरह पकड़ी हो और फिर यह हाथ तो वह पकड़ी है जिसके साथ मैंने जीवन बिताने की सोची हो, वह बोली क्या हुआ, फिर मैं आगे बढ़ा ।

10

संध्या के साथ सफर की शुरुआत

संध्या के साथ सफर की शुरुआत

हमलोग ऑटो लिए और मेट्रो स्टेसन पहुँच गए, संध्या पूछी हमलोग मेट्रो से चलेंगे, मैंने कहा आपको बस से जाने का मन है क्या, संध्या बोली नहीं नहीं मेट्रो से ही चलेंगे, फिर हमलोग मेट्रो टिकट ले कर अंदर गए और मेट्रो का इंतजार करने लगे, संध्या बोली अमन जी मेरा एक फोटो लीजिए, मैंने कहा अपना फोन दीजिए, उनका फोन लिया और कुछ फोटो क्लिक किया, तभी मेट्रो आ गई और हमलोग मेट्रो मे चढ़ गए, उसमे बैठने की जगह नहीं थी हम दोनों खड़े रह गए, वह मेरे तरफ चेहरा कर के खड़े थे और मैं उनकी तरफ, कभी वह मुझे देखते तो कभी मैं उन्हे देखता, इसारों इसारों मे ही बात हुई लेकिन पूरी सफर खामोशी से गुजर गई। हमलोग लाल किला के नजदीक वाले स्टेशन पे पहुँच गए। खामोशी को तोड़ने के लिए मैंने संध्या से पूछा आप और सीतल जी मेट्रो से हीं आए थे न या बस से, वह बोले नहीं हमलोग बस से आए थे, फिर बात करते हुए हमलोग लाल किला पहुँच गए। संध्या बोली आपको पता है मैं हमेसा से चाहती थी की लाल किला नजदीक से देखू और देखिए आज सपना पूरा हो गया, अच्छा एक फोटो यहाँ से लीजिए, मैंने उनका फोटो क्लिक किया फिर टिकट ले कर लाल किला मे प्रवेश कर रहे थे तभी संध्या पूछी

यहाँ टिकट भी लगता है क्या, मैंने बोला हाँ फिर मैं वही रुक गया, वह बोले क्या हुआ, मैंने पूछा आप संग्रहालय भी देखिएगा क्या, वह बोले सबका अलग अलग टिकट लगता है, मैंने कहा हाँ, वह पूछे अच्छा तो टिकट मैं लेकर आऊं, मैंने कहा आप लेकर आएंगे, वह बोले हाँ तो, मैंने बोला अच्छा ठीक है जाइए, वह गए और लेकर आ गए फिर हमलोग अंदर प्रवेश किए।

मैंने पूछा, अच्छा कहाँ से शुरू किया जाए, वह बोले चलिए एक तरफ से घूमते हैं, अंदर प्रवेश करते ही वह फोटो लिए, इधर घूमने के बाद हमलोग संग्रहालय मे परेश किए। इधर-उधर धूमते घूमते पूरा दिन गुजर गया, वह फोटो भी बहुत लिए, घूमते हुए देखते हुए हमलोग बाहर निकल गए। वह बोले बहुत मजा आया है न, मैंने बोला हाँ बहुत ही ज्यादा, संध्या बोली मुझे बहुत भूख लगी है चलिए न कही खाना खाते है, मैंने पूछा क्या खाइएगा, वह बोले कुछ भी चलेगा, पास मे उधर होटल है अभी बात पूरा भी नहीं किए थे कि उनकी नजर वही पास मे पड़ी, यह तो जामा मस्जिद जैसा है, मैंने कहा यह जामा मस्जिद जैसा नहीं बल्कि वही है, वह बोली चलिए देखते हैं, मैंने कहा और खाना,वह बोली खाने मे देर हो जाएगी, अब रूम मे ही खाएंगे, पहले चलिए यह मस्जिद देख लेते हैं, मैंने कहा अच्छा रुकिए कमसे कम नारियल पानी तो पी लीजिए, जल्दी से नारियल पानी वाले भैया के पास गए और दो नारियल पानी लेकर पी लिए, फिर जामा मस्जिद चल दिए, वह आगे आगे और मैं उनके पीछे पीछे था, वह देखने के लिए इतना उतावला थे कि थोड़ी देर के लिए लगा वह नही बल्कि मैं ही उनके साथ घूमने आया हूँ, जो भी हो उनके साथ घुम कर दिल को बहुत सुकून मिल रहा था, हमलोग इधर उधर हर जगह घूमे वह बहुत फोटो भी खिचवाई। जब पूरा घुम लिए तो वह वापिस बोले, अमन जी मुझे बहुत भूख लग गई। मैं हँसने लगा, वह बोली आप हाँस क्यों रहे हैं मुझे सचमे भूख लगी है, मैंने कहा अच्छा चलिए खाते हैं, हमलोग होटल गए, मैंने पूछा क्या खाइएगा, वह बोले आपको जो मन है ऑर्डर कर दीजिए, मैंने कहा नहीं आप कीजिए, फिर वेटर से मेनू मँगवाए और ऑर्डर किए, खाना खाए और फिर वहाँ से निकाल लिए। अब तक बहुत शाम हो चुकी थी अंधेरा होने को था, सीतल

कॉल की हैलो कहाँ हो, संध्या बोली मेट्रो मे बस आ रही हूँ, सीतल बोली ठीक है आओ, हमलोग मेट्रो से निकल कर ऑटो लिए और पहुँच गए, मैंने कहा आह! हमलोग पहुँच गए, अब आप सीतल को फोन कीजिए वह आपको लेने यहाँ आ जाएंगे, संध्या बोली अरे कोई बात नहीं मैं नहीं भूलूँगी चली जाऊँगी, मैंने कहा देखिए रात हो गई है और यहाँ से रूम भी थोड़ा दूर है और तो और आप यहाँ पे पहली बार आई हैं, वह बोली अच्छा ठीक है आपकी जैसी मर्जी, फिर संध्या सीतल को फोन की सीतल बोली रुकिए आ रही हूँ और फोन रख दी, संध्या बोली आज बहुत मजा आया न, मैंने कहा हाँ बहुत ही ज्यादा, अच्छा आप थकी नहीं, वह बोले इतना जल्दी थक जाऊँगी, मैंने पूछा तो कल भी कही चलने का प्लान है, वह बोले हाँ कल इंडिया गेट चलेंगे, तभी सीतल भी वहाँ पहुँच गई। थोड़ी देर तक ऐसे ही बात हुई फिर वे लोग चले गए, मैं भी अपने रूम चला आया। संध्या का तो पता नहीं पर मैं बहुत थका थका सा महसूस कर रहा था, मैं रूम मे आ कर बेड पर लेटा हीं था कि पता नहीं कब आँख लग गई। कुछ घंटे बाद आँख खुली तो देखा 78 मिसकॉल, सभी कॉल संध्या के थे। अभी रात के 1 बज रहे थे, मैंने झट से कॉल किया वह तुरंत कॉल उठा ली, मानो वह मेरा ही कॉल का इंतजार कर रही हो, मैंने बोला हैलो, उधर से तेज आवाज आई, वह पूरी गुस्से मे थी, कहाँ थे, मैं इतना फोन की उठाए क्यों नहीं, मैंने कहा फोन साइलेंट था तो पता नहीं चला, वह बोले रूम पहुँच कर एक कॉल तो करना चाहिए था न, पता है मैं कितना घबरा गई थी, आपके किसी दोस्त का नंबर भी नहीं थी जो कुछ पूछती, आपको पता है अभी तक मैं सोई नहीं हूँ, सिर्फ और सिर्फ आपके कारण, मैंने कहा माफ कर दीजिए क्या कहूँ ऐसी नींद लगी कि पता ही नहीं चला, वह बोले आगे से इस बात का ध्यान रखिएगा, आप उधर मस्ति से सो गए और मैं यहाँ परेशान हो रही हूँ, मैंने कहा इसमे परेशान होने वाली क्या बात थी आप भी सो जाते, मैं तो पहुँच ही गया था, वह बोली आप पहुँच गए थे यह मुझे तो नहीं मालूम था न और आपको क्या लगता है सिर्फ आपको ही दूसरों की फिक्र है मुझे नहीं है, जो बोले सो बोले आज के बाद मेरे सामने ऐसा शब्द जबान पे लाइएगा मत समझे, मैंने कहा अच्छा इस बार माफ कर दीजिए अगली बार से ऐसी गलती नहीं होगी, वह बोले अच्छा ठीक

है, वापिस पूछे अच्छे से पहुँच गए थे न, मैंने कहा हाँ, वह बोले आप रूम मे खाना खाए थे, मैंने कहा नहीं और आप, वह बोले नहीं होटल मे खाने के बाद भूख ही नहीं लगी, मैंने कहा अच्छा रात बहुत हो गई है अब आप सो जाइए। वह बोली ठीक है अब चैन की नींद आएगी लेकिन आगे से ध्यान रखिएगा, ऐसी गलती नहीं होनी चाहिए, मैंने कहा हाँ अबसे नहीं होगी, फिर फोन रख दी।

मैंने फोन साइड मे रख दिया पर अब मुझे नींद नहीं आ रही है, मेरे प्रति इनका इतना प्यार फिक्र कुछ भी समझ नहीं आ रहा था, अगर यह संध्या न होती तो मैं इसे पक्का प्यार समझता पर यह प्यार नहीं मुझे भरम है। जो भी हो दिल मे अजीब सी हलचल है।

अब इस हलचल को शांत करने के लिए मुझे शायरी लिखना होगा।

शायरी

" अब तो डर सा लगने लगा है, कही यह ख्वाब तो नहीं सोच सोच कर दिल बैठने लगा है, कभी भरम तो कभी सपना लगता है, अपने कानों और आँखों पे भी अब कहाँ यकिन होता है"।

जिसे हम प्यार करते है अगर ओ हक्क जताने लगे, जिसे हम प्यार करते हैं वह हमारे खातिर रातों को जागने लगे, दिल मे हलचल तो होता हैं न, काही आँख खुली और पता चला ये सब सपना था यार डर तो लगता है न"।

अगली सुबह

11

संध्या के साथ इंडिया गेट

संध्या के साथ इंडिया गेट

मैं सोया हुआ था किसी का कॉल आया मैंने कॉल उठाया हैलो कौन, उधर से आवाज आया अब तक सो रहे हो, फोन पे संध्या थी मैं झट से उठ गया और समय देखा आठ बजने वाले थे, अरे यार आठ बज गए, वह बोली मुझे तो लगा था महाशय अब तक तैयार हो गए होंगे और देखो अभी तक सो रहे हैं, चलना है या नहीं, मैंने कहा हाँ हाँ बस आधे घंटे, मैं तुरंत तैयार होता हूँ, उधर से संध्या बोली आराम से जहाज नहीं छूट रहा है, मैं बस देखने के लिए फोन की थी कि अभी भी सो रहे हैं या जग रहे हैं, मैंने कहा अच्छा किया आपने जो फोन कर दिया नहीं तो आज ९ बज जाते उठते-उठते, वह बोली अच्छा कोई नहीं आराम से नहा लीजिए और खाना बना कर खा लीजिए फिर चलते हैं।

इंडिया गेट की तैयारी

मैं नहा खा कर पूरी तरह से तैयार बैठा था, बस उनके एक कॉल का इंतजार था कि अजय का फोन आया हैलो अमन कैसे हो, मैंने कहा अच्छा हूँ तुम बताओ, अजय बोला मैं भी ठीक हूँ और कल कहाँ कहाँ घूमे, मैंने कहा लाल किला और जामा मस्जिद, वह बोला आज भी कही जाने का प्लान है क्या, मैंने कहा हाँ आज इंडिया गेट की तैयारी है, वह बोला

अच्छा है, वापिस बोला अच्छा वह फ्रेंड रीक्वेस्ट स्वीकार की क्या, मैंने पूछा सवेता, वह बोला हाँ, मैंने कहा नहीं यार अभी तक तो नहीं, वह बोला लगता है प्रकाश का तीस हजार डूब गया, मैंने कहा ऐसे कैसे डूब जाएगा तू बस देखता जा, इंतजार है तो बस इतना की वह फ्रेंड स्वीकार करे, वह बोला हाँ बस वही पल का तो इंतजार है, मैंने कहा अच्छा तुम एक नया आइडी बनाओ और रीक्वेस्ट भेज शायद हो जाए, वह बोला हाँ बनाते हैं, अभी बात कर ही रहे थे कि संध्या कॉल कर दी, मैंने कहा अजय संध्या कॉल कर रही है, वह बोला अच्छा ठीक है बात कर और तुम आराम से घूमना इसे मैं देखूँगा, मैंने कहा जैसे हीं उससे संपर्क हो मुझे बताना,वह बोला ठीक है मैंने कहा हाँ ठिक है वह फोन रख दिया, मैंने फोन उठाया वह बोली हैलो, मैंने बोला हाँ बोलिए, वह बोली अब तक तैयार नहीं हुए क्या, मैंने कहा मैं तो कबसे तैयार बैठा हूँ, वह बोली और मैं कबसे आपके फोन के इंतजार मे बैठी थी, मुझे हँसी आ गई, वह बोली आप हाँस क्यों रहे हैं, मैंने कहा क्योंकि मैं भी तैयार हो कर आपके कॉल के इंतजार मे था, वह बोले तो फोन करना चाहिए था न बहुत पैसा कटता है क्या फोन करने मे, वापिस पूछे अच्छा आप खाना खा लिए, मैंने कहा हाँ और आप, वह बोली मैं पहले हीं खा ली थी और आपके कॉल का इंतजार कर रही थी, जल्दी आइए, मैंने कहा अच्छा ठीक है, वह बोली और हाँ आज आप कौन सा शर्ट पहने हैं, मैंने कहा क्यों, वह बोले बताइए न, मैंने कहा जो प्रोफ़ाइल मे है, वह बोले ठीक है मैं भी यही कहने वाली थी अच्छा आईए, मैंने कहा ठीक है आते हैं। फोन रखा गेट बंद किया और निकल गया और लो मैं उनके रूम के पास पहुँच भी गया। सीतल और संध्या दोनों पहले हीं आ गए थे, संध्या ब्लू ड्रेश और सफेद दुपट्टा ली हुई थी, वह सिम्पल ड्रेस मे बहुत ही ज्यादा खूबसूरत लग रही थी, अब तक मैं उन्हे ही देख रहा था कि दोनों सामने आ गए मैंने आँखे नीचे कर ली, संध्या पूछी आज सब ठीक है न या आज भी चाँद जैसी लग रही हूँ, मैंने कहा नहीं नहीं **“आज आप चाँद जैसी नहीं आज तो आप ढलती शाम सी लग रहे है,”** संध्या बोली ढलती शाम मतलब, मैंने कहा मुझे ढलती हुई शाम बहुत पसंद है, यानी आप बहुत ही ज्यादा खूबसूरत लग रहे हैं। सीतल बोली आपकी पहेली सुनी तो लगा आज फिर कुछ गड़बड़ होने वाली है, मैंने

पूछा आपको कही घूमने का मन नहीं करता, सीतल बोली मन तो करता है पर क्या करे वक्त ही नहीं मिलता, कोचिंग से रूम फिर लाइब्रेरी यही सब चलते रहता है, मैंने पूछा आप किस चीज की तैयारी कर रहे हैं, वह बोली UPSC की, मैंने कहा फिर तो आपको टाइम नहीं मिलेगा, थोड़ी देर ऐसे ही बातें हुई और हम लोग ऑटो लेकर मेट्रो पहुँच गए। संध्या बोली अमन जी आज मैं टिकट लूँगी, मैंने पूछा क्यों, वह बोली क्यों क्या रोज रोज दिल्ली आने का मौका थोड़ी न मिलता है और मेट्रो तो हर जगह नहीं होती न, मैंने कहा अच्छा ठीक है आप ही कटवाइए, वह गए और तीन टिकट ले कर आ गए, मैंने पूछा तीन क्यों, वह बोले 2 हमारे लिए और एक घर ले जाऊँगी सबको दिखाऊँगी, मुझे हँसी आ गई, वह बोले आप हँसे क्यों, मैंने कहा अच्छा अंदर चलीए फिर बताते हैं, हमलोग मेट्रो प्लेटफ़ॉर्म पे खड़े हो गए, वह बोले अब बताइए हँसे क्यों, मैंने कहा आप सिर्फ शरीर से जिराफ़ जैसी है, पर व्यवहार मे एक दम बच्ची है। वह बोले ऐसा कुछ नहीं है, मुझे ए सब अच्छा लगता है इसलिए ऐसा करती हूँ, और आप भी तो ऊट जैसे हैं आपको मुझे जिराफ़ कहते शर्म नहीं आती, मैंने कहा मेट्रो आ गई शर्म बाद मे कीजिएगा पहले चलिए, फिर हमलोग मेट्रो मे गए। मैं आज उनके साथ बहुत सहज महसूस कर रहा था। आज भी बैठने की जगह नहीं मिली, हम दोनों खड़े खड़े ही जा रहे थे। इंडिया गेट पहुँचे बाहर निकलने लगे, वह बोले एक यहाँ का फोटो लीजिए, मैंने उनका एक फोटो लिया और फिर वहाँ से निकल गए, संध्या बोली आज कुछ ज्यादा ही धूप लग रही है। मैंने कहा हाँ, वह बोली चलिए पहले कही थोड़ी देर बैठे, मैंने कहा चलीए आगे पेड़ है वही बैठेंगे, हमलोग गए और वही एक पेड़ के नीचे बैठ गए। वह बोले एक फोटो लीजिए मैंने उनका एक फोटो लिया, फिर वह बगल मे बैठ गए और बोले, आप अपना फोटो क्यों नहीं लेते, मैं कल भी देखी आप साथ घूमे, मेरा इतना फोटो लिए पर अपना एक भी फोटो नहीं लिए, रात को जब मैं और सीतल फोटो देख रहे थे तो सीतल भी पूछ रही थी उनका एक भी फोटो क्यों नहीं है, मैंने कहा मुझे फोटो मे उतना इन्टरेस्ट नहीं है और मैं पहले भी इन जगहों पे आ चुका हूँ तो पहले की भी फोटो बहुत है तो इसलिए भी नहीं लिए, वह बोली पर उस वक्त साथ मे मैं तो नहीं थी न, कुछ फोटो मेरे साथ भी

लेना चाहिए था, हम कही घूमने जाते हैं किसी के साथ होते हैं तो समय बीत जाने के बाद वह तस्वीरे हीं होती है जो हमे वो लम्हे याद दिलाते है, इसलिए तस्वीर लेना चाहिए और फिर हम कभी मिले ना मिले कौन जनता हैं, तस्वीरे रहेंगे तो कमसे कम उसी बहाने याद तो आएंगे। उनकी बातों मे बिछड़ाव था और न जाने क्यों उनकी बातें सुनते-सुनते मेरी आँखे नं हो गई, मैंने कहा एक मिनट मैं आता हूँ कह कर मैं आगे गया और चेहरा धोने लगा, वह भी आ गए और पूछे क्या हुआ अमन जी सब ठीक तो हैं न, मैंने बोला हाँ सब ठीक है बस चेहरे पे धुली लगी हुई थी तो सोचा धो लू आप भी धो लीजिए, संध्या बोली पक्का यही बात है न, मैंने कहा आपको क्या लगा है, वह बोली कुछ लोग अपने आँसुओ को छुपाने के लिए भी ऐसा करते हैं, मैंने अपने चेहरे को पोंछते हुए पूछा पर मैं आँसू क्यों छुपाऊँगा, वह बोले वह तो आपही जानिए, मैंने कहा अच्छा आपसे एक बात पूछे, वह बोले हाँ पूछिए , मैंने पूछा आपके जीवन मे कोई ऐसा है जिसे आप बहुत पसंद करते हैं, वह बोले हाँ, मेरी माँ, मैंने कहा अगर ओ बोले बेटा मेरे साथ एक तस्वीर लेलों, आप पूछो क्यों तो आपकी माँ बोलेगी जब मैं नहीं रहूँगी तब तुम्हें मेरी यह तस्वीर मेरे होने का एहसास कराएगी तो आपको कैसा लगेगा, वह खामोश हो गई, थोड़ी देर बाद पूछी आप ऐसा क्यों बोल रहे हैं, संध्या की आँखे पूरी भर आई, मैंने कहा आप अपना चेहरा धो लीजिए, वह बोली क्यों, मैंने कहा अरे यार आपका मेकप नहीं धुलेगा, वह बोले मैं मेकप करती ही नहीं तो धुलेगा क्या, मैंने कहा इसलिए तो मैं भी कह रहा हूँ, तभी आइसक्रीम वाला आया, मैंने उनसे पूछा आइसक्रीम खाइएगा, वह बोले हाँ ले लीजिए, मैंने पूछा कौन सा, वह बोले जो आपको पसंद हो क्योंकि मुझे सभी आइसक्रीम पसंद है। मैंने दो आइसक्रीम लिया और हमलोग खाने लगे। वह बोली, एक आइसक्रीम खाते हुए फोटो लीजिए, मैंने उनका एक फोटो लिया, वह बोले आप भी आइए सेल्फ़ी लेते हैं, मैंने पूछा मैं, वह बोली तो और कौन है मेरे साथ, चलिए चुपचाप आइए, मैं गया वह सेल्फ़ी लिए, मैंने पूछा अच्छा सीतल आपके कौन हैं, वह बोली मामा की बेटी हैं लेकिन दोस्त जैसी है मैं उनके साथ सब कुछ शेयर कर सकती हूँ, अपना और आपका फोटो भी भेज सकती हूँ, मैंने कहा, नहीं नहीं इसे मत भेजिएगा, वह बोली मैं भेज भी

दी और आप बोल रहे हैं मत भेजिएगा। मैंने पूछा अगर वह कुछ उल्टा पलटा समझ लिए तो, वह बोली तो समझने दीजिए क्या दिक्कत हैं, मैंने पूछा अगर उन्होंने यह तस्वीर कही और भेज दिया तो, वह बोले आप बिना मतलब के बहुत सोचते हैं आप कम सोचा कीजिए और सब मुझपे छोड़ दीजिए और एक बात बता दूँ कि आपको यह शर्ट इसलिए पहन कर आने के लिए बोली थी ताकि आज आपका भी फोटो लिया जाए समझे, और अब थोड़ी धूप भी कम हो गई है तो थोड़ा घूम भी लिया जाए क्यों, मैंने हाँ।

12

संध्या और अमन के बीच गहरी बातें

संध्या और अमन के बीच गहरी बातें

हम दोनों उठे और घूमने लगे, संध्या पूछी अच्छा अमन जी आप फिल्म देखते हैं, मैंने कहा हाँ पर क्यों, वह बोले किस तरह की फिल्म देखते हैं, मैंने कहा सभी तरह के, वह बोले सभी तरह के मतलब प्यार मोहब्बत वाली भी तो देखते ही होंगे, मैंने कहा प्रेम कहानी मेरा पसंदीदा फिल्म है, वह बोले अच्छा प्रेम मे यह जो मार पीट होता है जरूरी है क्या, फिल्म मे सिर्फ शांति नहीं हो सकती, मैंने कहा बिल्कुल हो सकती है पर यहाँ दिक्कत यह है न की लोगों को सिर्फ मार पीट ही पसंद आता है जिसके वजह से ज्यादातर लेखक उन्ही के हिस्साब से लिखते हैं, आप देखते नहीं मार पीट वाली फिल्म की कमाई हमेस रिकार्ड तोड़ती है, और शांति हो जिस फिल्म मे उसका नाम तक नहीं जान पाते, वह बोले आप बिल्कुल सही बोले **"अपने घर मे सबको शांति चाहिए लेकिन पड़ोस मे क्रांति होना चाहिए"**, आज के इस जमाने मे कोई शांत दुनिया की कल्पना करता ही नहीं सबको बस क्रांति ही चाहिए, और जब क्रांति चर्म पे पहुँच जाएगी तब सबका दिमाग खुलेगा, यह किसी एक चीज की बात नहीं है हर क्षेत्र मे यही हाल है, अब आप ही देख लीजिए आज तक शांति कायम करने के लिए, दुनिया मे शांति कैसे आएगी इसका कोई

यंत्र बनाना तो छोड़िए इसके बारे मे किसी ने कल्पना भी नहीं किया होगा पर अगर पूछिए की सृष्टि का अंत कौन कितना जल्दी कर सकता है, तो हजारों हाथ उठ जाएंगे, विनाश के लिए हजारों बम बन चुके है और लाखों फार्मूला तैयार हो रहे है, तो बताइए शांति कहा से स्थापित होगी। जब हर तरफ लोग तबाही का समान जमा करने मे लगे हुए हैं तो यह तो निश्चित है की तबाही होगी आज न हो कल हो पर होना तो निश्चित है। आज किसी का कोई परम मित्र हो या ना तो पर शत्रु हर किसी का है, जो बच्चा आज जन्म लिया उसके भी शत्रु हैं अब आप कहेंगे यह कैसे, तो यह ऐसे की **लोग के दिमाग मे एक गलत धारणा बैठी है आगे निकलने की और पीछे छोड़ने की, कोई साथ मे चलना ही नहीं चाहता**, अगर साथ नहीं चलना तो अपने मेहनत से आगे बढ़ो लेकिन लोगों के अंदर इतनी गंदी विचार धारा प्रवेश कर चुकी है की जो उससे आगे जाना चाहता है उसे वह रास्ते से हटा देता हैं आज हर तरफ यही देखने को मिलता है, शांति कहीं मिले न मिले पर क्रांति हर तरफ मिल जाएगी, लेकिन अभी भी वक्त है अगर लोग शांति से रहने लगे तो हर तरफ शांति होती फिर यह पृथ्वी बहुत खूबसूरत लगने लगेगी, फिर न मिसाइल नहीं तबाही फिर दुनिया मे प्रदूषण का स्तर भी इतना कम हो जाएगा को लोग पहले की तरह नदी का पानी भी बिना फ़िल्टर किए पी सकेंगे, एक वक्त था जब इंसान नदी, झरना, कुआ, तलाब कही का भी पानी पी सकता था, फिर हुआ कि नहीं अब कुआ, तलाब का पानी नहीं पी सकते तो चम्पाकल का निर्माण हुआ और आज देखिए, दुनिया इतना दूषित हो चुकी है कि हमे कभी भी शुद्ध पानी नहीं मिलता। लोगों को घर मे आरों लगाना पड़ रहा है फिर भी स्वक्ष जल नहीं है। पहले के मुकाबले अब इंसान भी कहा जीवित रहते हैं, **हम इंसानों को दूसरों मे कमिया निकालने की इतनी आदत हो गई है की हम बेज़ूबान समय को दोषी मानते है**, वह यह नहीं कहते की हमारी ही गलती है हम ही वातावरण को दूषित कर रहे है जिसका यह परिणाम है, बल्कि बेज़ूबान समय को दोषी ठहराते हैं। मैंने कहा बात तो आप एकदम सही बोल रहे हैं और देखिएगा एक दिन ऐसा भी आएगा जब लोग, वह बोले आप रुक क्यों गए, मैंने कहा क्योंकि मैं जो कहने जा रहा हूँ अगर वह सत्य हुआ तो बहुत दिक्कत हो जाएगी, वह बोले आप कहना क्या

चाहते हैं, मैंने कहा मैं आज को देख कर बहुत ही भयानक दुनिया बहुत हीं खतरनाक भविष्य की कल्पना कर रहा हूँ, जिसे महज सोच लेने से मेरा रोम रोम कापने लग रहा है, वह बोले आप ऐसा क्या सोच रहे है, मैंने कहा अभी जो इंसान प्रगति कर रहा है वह प्रगति नहीं एक विषैला जहर बना रहा है जो एक दिन फट जाएगी और दुनिया उसके चपेट मे आ कर त्राहि त्राहि हो उठेगी, होने के लिए बहुत कुछ होगा पर सच कहिए तो कही कुछ नहीं होगा, वह बोले आप कहना क्या चाहते है साफ साफ बताइए, मुझे तो कुछ भी समझ नहीं आ रहा है।

13

कल की भविष्यवाणी

कल की भविष्यवाणी

मैंने कहाँ भगवान न करे ऐसा हो पर अभी इंसान जैसा कर रहा है अगर वैसा ही करता रहा तो देखिएगा, वह दिन दूर नही जब लोग अपने शरीर को प्लास्टिक मे लिए फिरेंगे, खुली आँख से दुनिया देखने को तरसेंगे, पानी तो होगी पर पी ना सकोगे, पीठ मे ऑक्सीजन सलेन्डर लिए फिरेंगे। लोग जीवित तो रहेंगे पर हर वक्त मौत को तरसेंगे, पल पल मौत को भीख मे मांगेंगे, कभी धूप से बदन जलेगी तो कभी ठंड से हड्डी चटकेगी, किसी भी तरह से जीवन आसान नहीं होगा, **"ना सुख की कामना होगी न दुख की कामना होगी, कामना होगी तो बस एक मौत की कामना होगी"**। आज लड़ाई भूमि के लिए होता है घर के लिए होता है, चोरी गहनों का होता है रुपया का होता है पैसा का होता है, लेकिन उस वक्त ऐसा नहीं होगा, **उस वक्त चोरी न तो पैसों की होगी, न कोई जमीन के लिए लड़ेगा, लड़ाई तो उस वक्त भी होगा पर लड़ाई बस साँसों का होगा,**

तभी संध्या बोली बस बस अब और भविष्य मत दिखाइए मुझे डर लगने लगा,मैं यहाँ घूमने आई हूँ डरने नहीं, मैंने कहा तो सोचिए जिस चीज को सिर्फ सुन कर आप इतना भयभीय हो रहे हैं तो कल कैसा होगा। वह बोले सचमे कल बहुत डरावना होने वाला है। अच्छा आपने इतना सोचा है तो यह भी सोचा होगा कि पानी कैसे बचेगा इसपे आपका क्या

विचार है, मैंने कहा देखिए बचाने से कुछ नहीं बचता, वह बोले तो कैसे होगा, मैंने बोला **"अगर कोई चीज बचाने से नहीं बचता तो उसे बढ़ाए कैसे सोचना चाहिए"** क्योंकि मान लीजिए आपके पास बहुत सारा पैसा है आप आराम से उसे रख दिए हैं और सोच रहे है इसे बचा के रखेंगे इसलिए आप उसमे से बहुत कम कम खर्च कर रहे है लेकिन खर्च तो कर रहे हैं न, इतना तो है कि अगर बूंद बूंद पानी से घड़ा भरता है तो खाली भी उसी प्रकार हो सकता है, वह खाली न हो इस लिए बचाने के लिए नहीं बल्कि और आएगा कहाँ से यह सोचना चाहिए। संध्या बोले यह तो वैसे ही हुआ न की एक घड़ा मे पानी भर लिए उसे बचाने के चकर मे ऊपर से लेप लगा दिए और नीचे से हल्का छिद्र बना दिए ताकी पानी हल्का निकले जिससे पानी बर्बाद नहीं होगा सिर्फ उपयोग होगा लेकिन उसमे भी एक न एक दिन खत्म तो हो हीं जाएगा क्योंकि हम सिर्फ बचाने के लिए सोच रहे हैं बढ़ाने के लिए नहीं इसलिए वह खत्म हो ही जाएगा है, मैंने कहा हाँ बिल्कुल सही और देखिए हमलोग बात करते करते घुम लिए और एक भी तस्वीर नहीं लिए, वह बोले कोई बात नहीं अभी आधा घूमना बाकी है और तस्वीर तो ले ही लेंगे।

बात करते करते अब मैं उनके साथ बहुत सहज महसूस कर रहा था, मुझे ऐसा लग रहा है जैसे मैं संध्या के साथ नहीं बल्कि अजय, सोनू सब के साथ हूँ, तभी संध्या जी बोल पड़ी, पता है अमन जी अभी मैं कैसा महसूस कर रही हूँ, जैसे मैं आपके साथ नहीं बल्कि सीतल के साथ हूँ, मैंने कहा ए कैसे हुआ मैं भी ऐसा ही सोच रहा हूँ कि मैं अजय के साथ हूँ। वह बोले वाह क्या बात है, मैंने कहा बताइए क्या बात है वह बोले वहाँ देखिए, मैंने देखा तो यह कोई नई बात नहीं यह यहाँ की लड़कियों के लिए आम बात है, वह बोले कही भी कुछ भी शुरू हो जाते हैं, मैंने कहा यह तो कुछ भी नहीं है आप इनके कारनामे देखेंगे न तो हिल जाइएगा। आपलोग को बता दे कि यहाँ पर एक लड़का और एक लड़की डांस कर रहे है और सब देख रहे हैं तो संध्या जी का कहना है कि इन्हे लाज नहीं लग रही। यह क्या! आपलोग को बताने मे संध्या जी गायब हो गए, संध्या, संध्या जी, संध्या, संध्या की आवाज लगा मैं इधर उधर ढूँढने लगा, मेरे दिल की धड़कने बढ़ गई कहाँ चले गए, संध्या जी, ओहो कहाँ गए, मैं

कभी इधर कभी उधर ढूंढ रहा हूँ, पीछे से किसी ने कंधे पे हाथ रखा मैंने मूड कर देखा संध्या जी थे, मैंने पूछा आप कहाँ चले गए थे पता है मैं कितना घबरा गया था, वह बोले आप ही आगे बढ़ गए और मैं उसी भीड़ मे रह गई थी, मैं वही से देख रही थी कही आप गुम न हो जाए और आप इधर उधर चल रहे थे, पता है अभी मैं डर गई थी, लोग वहाँ से आगे बढ़ने ही नहीं दे रहे थे कितनी भीड़ थी वहाँ, मैंने कहा मैं भी कितना घबरा गया था, वह मेरा हाथ पकड़ लिए और बोले अब साथ साथ चलेंगे जब तक यहाँ से नहीं निकलते मैं आपको छोड़ूँगी नहीं, फिर आखिर तक हमलोग ऐसे हीं साथ मे घूमे बहुत सारा फोटो लिए और घूमते घूमते बाहर निकल ही रहे थे कि कुछ दिखाई दिया मुझे नहीं संध्या जी को, वह रुक गए मैंने पूछा क्या हुआ, वह बोले अमन जी हमलोग भी एक तस्वीर बनवाए क्या, मैंने पूछा आपको बनवाना है, वह बोले मुझको नहीं आप भी साथ मे बैठिए हम दोनों साथ मे बनवाएंगे, मैंने कहा अच्छा जैसी आपकी मर्जी।

14

इंडिया गेट पर अमन और संध्या ने बनवाई तस्वीर

इंडिया गेट पर अमन और संध्या ने बनवाई तस्वीर

मैं और संध्या उस चित्रकार के पास गए वह बोला आपलोग को थोड़ा सा इंतजार करना होगा, मैंने कहा कितना देर, वह बोला बस इन दोनों का हो जाने दीजिए, फिर आपलोग का ही बनेगा, संध्या बोली हमलोग को पूरा तस्वीर बनवाना है, वह बोला पूरा मतलब, संध्या बोली मतलब श्री कृष्ण के कंधे पे जिस तरह राधा अपना सिर रख कर बैठती है उसी तरह हमलोग बैठेंगे, वह बोला हो जाएगा पर पैसा बढ़ जाएगा, संध्या बोली कोई बात नहीं, मैंने कहा संध्या जी आपको पता है न आप क्या बोल रहे हैं, वह बोली भलीभाती जानती हूँ, मैंने कहा तो फिर आप उस तस्वीर को घर लेकर कैसे जाइएगा, वह बोली उसमे क्या है जैसे लेकर जाती हूँ वैसे ही लेकर जाऊँगी, मैंने पूछा अगर घर मे पूछेंगे कि कौन है तो, संध्या बोली उसकी चिंता आप क्यों कर रहे हैं वह आप मुझपे छोड़ दीजिए। तभी अजय ने कॉल किया, मैंने कहा हाँ अजय बोलो, अजय बोला अमन उसने फ्रेंड रीक्वेस्ट स्वीकार कर लिया अब आगे क्या करना

है, मैंने कहा उससे बात करने की कोशिश करो, खुदको बड़ा पैसा वाला बताना, और एक चीज का ध्यान रहे जब तक वह अपना फोन नंबर न दे किसी लिंक पर क्लिक मत करना, बाकी तो तुम्हें पता ही है क्या करना है अजय बोला हाँ वह तो हो ही जाएगा, मैंने कहा ठीक है, अजय बोला कहाँ हो मैंने कहा अभी संध्या जी के साथ इंडिया गेट, वह बोला ठीक है शाम को बात करते हैं, फिर उसने फोन रख दिया, संध्या बोली कौन थे और आपने उन्हे मेरे बारे मे क्यों बताया, मैंने कहा वह अजय था मेरा दोस्त दिल्ली मे ही रहता है मेरा अच्छा मित्र है और वह आपको जानता है पर आप उसे नहीं जानते, ओ अच्छा, अच्छा आपलोग क्या बात कर रहे थे कि फ्रेंड रीक्वेस्ट, मैंने कहा हमारा एक दोस्त है प्रकाश उसी का 30 हजार रुपए किसी फ्रॉड ने उड़ा लिया है उसका ही खबर लेना है, वह बोले वह तो पैसा लेकर चला गया होगा तो अब क्या हो सकता है क्या पैसा वापिस आएगा, मैंने कहा आना न आना यह तो पता नहीं पर उसे ढूँढना हमारा मकसद बन गया है, संध्या बोली उसमे खतरा भी हो सकता है उनका बहुत बड़ा गैंग रहता है, मैंने कहा उसके लिए चिंता की बात नहीं हम पाँच दोस्त है और स्वभाग्य से ऐसे दोस्त है की सोनू के पापा आईपीएस (IPS) हैं, अजय के भैया CBI मे हैं, अशोक के पापा साइबर सिक्युरिटी एक्सपर्ट हैं, प्रकाश की दीदी दिल्ली पुलिश मे है और मेरे बारे मे तो आपको पता ही हैं, इस तरह से हमलोग अगर मदद लेना चाहे तो तुरंत मदद की उमीद रखते हैं, संध्या बोली जब आपलोग के ऊपर ऐसे लोगों का हाथ है तो उन्हे ही क्यों नहीं बता देते वह तो तुरंत ही उसे पकड़ लेंगे, मैंने कहा हाँ वह तो है लेकिन हम पाँचों दोस्त का प्लान है कि इस मामला को हमलोग ही निपटाएंगे। संध्या बोली वह तो ठीक है लेकिन बिना किसी के मदद के यह सब कैसे कीजिएगा, मैंने कहा इस डिजिटल दुनिया मे अगर आपके पास एक लैपटॉप है इंटरनेट की अच्छी सुबिधा है और थोड़ी सी ज्ञान है तो छोटे से रूम से ही पूरी दुनिया मे क्रांति ला सकते हैं, तभी चित्रकार भईया बोले अब आपलोग आइए, हमलोग गए और बैठे, भैया बोले आपलोग को जैसा तस्वीर बनवाना है वैसे बैठ जाइए, हम दोनों साथ बैठे, मैं उनके तरफ झुका और वह मेरे कंधे पे सिर रखे, वैसे ही जैसे श्री कृष्ण बासुरी बजाते हैं और राधा रानी उनके कंधे पे सिर रख

कर सुनती है, हमलोग कुछ देर तक उसी मुद्रा मे बैठे रहे और वह हमारी तस्वीर बनाता रहा। दिल मे अजीब सी हालचल और एक अलग आनंद की अनुभूति हो रही है, ऐसा लग रहा है कि यह पल कभी खत्म ही ना हो। मेरे लिए ऐसा लगना स्वभाविक है मेरे लिए ही नहीं हर उस आशिक के लिए जिसे किसी से मोहब्बत हो, एकतरफा मोहब्बत, मैं नहीं जनता की वह मुझसे प्यार करते हैं या नहीं पर मैं तो उनसे बहुत प्यार करता हूँ।

"इस मोहब्बत के एहसास को मैं क्या लिखूँ, इस पल को मैं कौन से सीप मे कैद करूँ,

दिल कहता हैं काश की कोई ऐसा यंत्र होता, सचमे यार इस पल को मैं उसमे कैद कर लेता,

फिर ना कोई बंदिशे ना कोई दीवार होती, इन आँखों मे आँसू आने से पहले तुम मेरे पास होती"।

यह कोई शायरी या नज़्म नहीं है, यह एक आशिक के दिल की आवाज है जिसे कोई दिलवाला ही समझ सकता है। मैं अभी ख्यालों मे हीं था वह भईया बोले यह लीजिए आपकी तस्वीर तैयार हो गई, उन्होंने तस्वीर को हमारी तरफ किया, देखा तो तस्वीर मे संध्या जी की आँखे बंद है, मैंने कहाँ संध्या जी तस्वीर कैसी है, संध्या कुछ भी नही बोली वह उसी मुद्रा मे मेरे कंधे पे रही, मैंने उन्हे हल्का सा हिलाया वह घबरा कर उठे, मैंने कहा संध्या जी तबीयत तो ठीक है न, वह बोले जी ठीक है पता नहीं कैसे मेरी आँख लग गई थी, फिर वह मुझसे पानी मांगे, पानी पी लिए, फिर हल्का रुमाल भीगा कर अपना चेहरा पोंछे और बोले हाँ अब ठीक है। वहाँ आस पास जीतने भी लोग थे सबकी नजर संध्या जी पे थी, उनकी मासूमियत पे, चित्रकार भैया बोले मैम चित्र देखिए, वाकई तस्वीर लाजवाब बनी थी, संध्या जी भी बोले वाकई जितना भी तारीफ किया जाए कम ही पड़ेगा। फिर हमने उनसे वह तस्वीर लिया उन्हे पैसा दिया और निकल लिए। संध्या जी बोले, अच्छा मैंने उठने मे देरी तो नहीं की न, मैंने कहा बिल्कुल भी नहीं, वह बोले पता नहीं कैसे आपके कंधे पे सिर रखते हीं नींद आ गई, मैंने कहा कोई बात नहीं अच्छा हुआ अब आपको थोड़ा अच्छा भी लग रहा होगा, वह बोले हाँ ओ तो है अब मैं बहुत अच्छा महसूस कर रही हूँ और साथ मे मुझे बहुत जोर की भूख भी लगी

है। **"उनकी इस मासूम अद्‌दा पे दिल कर रहा है कि यह दिल निकाल कर उनके हाथों मे थमा दूँ"।** मैंने कहाँ अच्छा ठीक है चलिए, वह बोले वहाँ देखिए चलिए वहाँ खाते हैं, फिर हमलोग वहाँ पहुंचे उस ठेले वाले भैया के पास, और वहाँ खाए कुछ सेल्फ़ी लिए और मेट्रो स्टेशन के लिए चल दिए। वह बोले आज का दिन जीवन भर याद रहेगा, जब जब इस फोटो को देखूँगी तो यह दिन याद आएगा, मैंने कहा इसी फोटो के जरिए क्यों और भी सारे फोटो है फिर आप इसे इतना विशेष का दर्जा क्यों दे रहे हैं, उन्होंने कहाँ आपको पता है मैं हीं नहीं मेरे जगह कोई और भी होती न तो वह भी इस पल को जीवन भर नहीं भूल पती, जब भी मैं इस तस्वीर को देखूँगी या जब मैं सोऊँगी और नींद नहीं आएगी तब-तब आप और यह जगह याद आएंगे। मैंने पूछा अच्छा तो वह यादें कैसी होगी दर्द भरी, या सुकून देने वाली, वह बोले यही तो नहीं पता कि यह यादें सुकून देगी या दर्द, मैंने कहा ऐसा कीजिएगा अगर सुकून दे तो दिल से लगा लीजिएगा और अगर दर्द दे तो आग में जला दीजिएगा। वह बोले अच्छा मुझे तो यह सलाह दे रहे हैं पर आप क्या करेंगे, मैंने कहा दर्द दे या सुकून इसे तो मैं हमेस दिल के पास रखूँगा। वह बोले कही ऐसा न हो की कोई चोर आए और इस बैग के साथ यह फोटो भी चुरा ले जाए इतना कह कर हँसने लगे। हमलोग आएसे ही बात करते करते मेट्रो से ऑटो और ऑटो से उनके रूम के पास आ गए, अब शाम भी हो गई थी। मैंने सीतल जी को कॉल किया वह आई, संध्या जी बोले अच्छा कल कहाँ चलना है, मैंने कहा कल लोटस टेम्पल चलते हैं। वह बोले ठीक है, वह सीतल के साथ जाने लगे और मैं इधर अपने रूम, मैं थोड़ा आगे बढ़ गया था उधर से संध्या जी आवाज लगाई अमन जी, मैं मूड कर देखा वह वही खड़ी थी मैं वापिस आया और बोला जी कुछ कर रहे थे क्या, वह बोले जी, मैं यही कह रही थी कि आज रूम पहुँचने के बाद सबसे पहले मुझे कॉल कीजिएगा उसके बाद ही कुछ कीजिएगा, अगर कल के जैसे किए न तो मैं आपकी जान ले लूँगी, मैंने कहा नहीं नहीं आज ऐसा नहीं होगा आज पक्का आपको कॉल कर के हीं सोऊँगा, वह बोले और खाना, मैंने कहा बनेगा, वह बोले गुड चलिए ठीक है अब जाइए। फिर वह उधर चले गए और मैं रूम आ गया। रूम आने के बाद उन्हे कॉल किया, थोड़ी देर उनसे बात हुई फिर थोड़ा

आराम करने लगा बहुत थकान हो रही थी, मैं सो गया खाना भी नहीं बनाया रात के 2 बजे आँख खुली पेट मे चूहे दौड़ने लगे। रूम मे खाना तो हैं नहीं अब क्या खाए, फिर उसी वक्त खाना बनाया और खाया फिर सो गया । अगले दिन सुबह का वक्त था माँ का कॉल आया हैलो माँ प्रणाम क्या हाल चाल है, माँ बोली सब बढ़िया तुम बताओ कैसे हो, मैंने कहा मैं एक दम मस्त हूँ। माँ बोली और पढ़ाई कैसी चल रही है, मैंने कहा ठीक चल रही है, माँ बोली और खाना पीना खाते हो न या सिर्फ पढ़ने मे व्यस्त रहते हो, मैंने कहा खाता हूँ माँ और देखो मैंने खाना बना भी लिया है और अभी ब्रश कर रहा हूँ उसके बाद अभी नहा कर खाना खाऊँगा और आज थोड़ा घूमने जाना है अपने ही शहर से एक दोस्त आए हैं तो उनके साथ ही जाना है, अभी एक हप्ते के लिए क्लास भी बंद हैं, माँ बोली अच्छा ठीक हैं अच्छे से घूमना और दोस्त लोग सब ठिक हैं न, मैंने कहाँ सभी ठीक है माँ, और घर मे बताओ सब कैसे हैं, माँ बोली सब ठीक हैं। ऐसे हीं थोड़ी देर हमलोग की बातें हुई फिर फोन रख के नहाने चल गए। जब मैं नहा कर आया तो देखा अजय का कॉल आया था, मैंने वापिस अजय को कॉल किया, हैलो अजय क्या कर रहे हो, अजय बोला कुछ नहीं खाना खा रहा था तो उसी वक्त तुम्हारे पास कॉल किया था, मैंने पूछा सब ठीक हैं न, अजय बोला हाँ सब ठीक है और साथ मे मैंने कबूतर को दाना डाल भी दिया है उम्मीद है आज शाम तक वह जाल मे फस जाएगी, मैंने कहा बहुत अच्छे लेकिन अपना भी ध्यान रखना जो भी करना सावधानी से करना क्योंकि वे क्या हैं कौन हैं हम नहीं जानते, हम एक ऐसे गुफा मे प्रवेश कर रहे हैं जिसके बारे मे ज्यादा कुछ नहीं जानते, अजय बोला तू चिंता मत कर मैं सब संभाल लूँगा, अच्छा आज कहाँ जाने का प्लान हैं, मैंने कहा आज लोटस टेम्पल जाना है, अजय बोला लगता है तू उन्हे पूरा दिल्ली घूमा कर ही मानेगा, मैंने कहा देखते हैं और अजय अगर कही कोई दिक्कत हो तो तुरंत मुझसे संपर्क करना, अजय बोला तू बिंदास घुम न भाई मैं हूँ न, मैंने कहा अच्छा सोनू प्रकाश अशोक सब का क्या हाल है सब मजे मे हैं न, अजय बोला अशोक का तो पुछ मत लगता है बर्बाद होने को सोच रहा है और उसकी प्रेमिका भी उसी की जैसी दोनों 2 बजे रात तक बात करते हैं, अगर ऐसा ही रहा न तो साले का हो गया

पढ़ाई, मैंने कहा नहीं फिर तो गलत है यार उसे समझना होगा, प्यार का मतलब यह थोड़ी न है कि दिन रात बात करते रहें, रुको शाम को चलते हैं उसी के रूम मे, अजय बोला अरे अभी रहने दे भाई नया नया प्यार है कुछ दिन मे खुद ही समझ जाएगा, मैंने कहा नहीं यार कुछ दिन मे आदत लग जाएगी फिर किसी के कहने से वह नहीं सुधरेगा, अजय बोला हाँ यह भी सही है, तभी संध्या का कॉल आया, मैंने अजय को बोला अजय संध्या कॉल कर रही है शाम को आते हैं वह बोला ठीक है, मैंने संध्या का कॉल उठाया उधर से बोली, क्या कर रहे हैं, मैंने कहा बस खाना खाने की सोच रहा हूँ, वह बोले तो आज चलना है न, मैंने कहा हाँ बिल्कुल, वह बोले अच्छा अभी और कितने दिन क्लास बंद है, मैंने कहा 4 दिन, वह बोले कब निकलिएगा, मैंने कहा आप तैयार हो गए, उन्होंने ने कहा हाँ और आज सीतल भी जाएगी हमारे साथ, मैंने पूछा क्यों आज उनका क्लास नहीं है क्या, वह बोले नहीं आज उनका कोचिंग बंद है और वह भी बहुत दिन से कही नहीं गए तो बोले आज मैं भी तुम्हारे साथ चलूँगी, मैंने कहा अच्छी बात है थोड़ा बहुत घूमना भी चाहिए, दिमाग अच्छा से काम करता है, वह बोले तो ठीक है आइए, मैंने कहा अच्छा ठीक है आ रहे है बस खाना खाने की देरी है। उन्होंने फोन रखा अब खाना खा कर जाने की तैयारी हो रही हैं।

15

सीतल, संध्या और अमन

सीतल, संध्या और अमन

मैं खाना खा कर तैयार हो कर रूम से निकल गया, हर दिन की तरह मैं वही पहुँच गया पर आज वहाँ कोई नहीं पहुँची थी, मैंने थोड़ी देर इंतजार किया लगभर 5 मिनट से ज्यादा हो गए थे पर कोई नहीं आई फिर मैंने संध्या जी के पास कॉल करने ही वाला था कि उनका कॉल आ गया, वह बोले कहाँ हैं, मैंने कहा मैं आपका यहाँ कबसे इंतजार कर रहा हूँ आपलोग कहाँ हैं, वह बोले बस 2 मिनट हम अभी पहुंचते हैं, मैंने थोड़ी देर इंतजार किया वे दोनों आ गए, दोनों देवी जैसी लग रही हैं, सफेद कपड़े मे सीतल और क्रीम कलर मे मेरी संध्या, दोनों एकदम से मेरे सामने आकर खड़ी हो गई, मेरी आँखे संध्या पे जा कर टिक गई, मेरी आँखे उनकी आँखों मे, वह भी मुझे देखने लगे, हम एक अलग ही दुनिया मे खोने लगे थे तभी सीतल बोल पड़ी अमन जी आज भी कुछ लगा है क्या संध्या के चेहरे पे, मैंने कहा लगा नहीं कुछ छूट गया है, संध्या बोली क्या, मैंने कहा, इस गोरे मुखड़े पर काला टीका, मुझे डर है इन्हे कही किसी की नजर न लग जाए, संध्या जी शर्मा गई, क्या अमन जी आप भी न, सीतल बोली और मैं, मैंने कहा आप UPSC वाले है और नजर लगने के लिए देखना होगा, किसी की मजाल जो आपको देखे, संध्या जी हँसने

लगी मैं भी फिर वह भी हँसने लगे। थोड़ी देर मे ऑटो आई हमलोग उसमे बैठे और मेट्रो स्टेशन पहुँच गए।

हम तीनों मेट्रो टिकट लिए और अंदर प्रवेश किए, सीतल बोली जब तक मेट्रो आती है हमलोग एक ग्रुप फोटो लेते है, सीतल जी के फोन मे हमलोग 2 तीन फोटो लिए तभी मेट्रो आ गई, मेट्रो मे गए आज बैठने की सीट मिल गई हम तीनों बैठे, मेट्रो चलने लगी तभी किसी ने आवाज लगाया अमन, मुझे लगा संध्या जी ने आवाज लगाया मैंने कहा हाँ संध्या जी कहीए, वह बोले मैंने कहाँ कुछ कहा, वापिस आवाज आया सामने वाली सीट से, कोमल थी, कोमल हमारी कोचिंग मे साथ हीं पढ़ती हैं, मैंने कहा अरे आप यहाँ, कहाँ जा रहे है, वह पास मे आ कर हमारे पास ही बैठ गए, और बोली आप कहाँ जा रहे है, मैंने कहा घूमने और आप, वह बोले मैं भी तो घूमने ही जा रही हूँ, मैंने कहा कहाँ वह बोले लोटस टेम्पल, मैंने कहा मैं भी तो वही जा रहा हूँ, वह बोले क्या सचमे, मैंने कहा हाँ और आपलोग कौन कौन जा रहे हैं, वह बोले मैं अकेली जा रही थी पर अब आप मिल गए तो हम दो हो गए, मैंने कहा दो नहीं चार, वह बोले चार कैसे कोई और भी है क्या आपके साथ, मैंने कहा हाँ, यह देखिए यह हैं सीतल जी और यह हैं संध्या जी और संध्या जी यह हैं हमारे कोचिंग के दोस्त कोमल, कोमल पूछी यह आपके रिश्तेदार हैं, मैंने कहा आप जो भी समझे, वह बोले मतलब, मैंने कहा यह संध्या जी हैं मेरे क्लासमेट और यह हैं सीतल जी संध्या जी के दोस्त, उनके जरिए मैं इन्हे जनता हूँ, कोमल बोली ओ ऐसी बात, मैंने कहा हाँ बिल्कुल ऐसी हीं बात, वह बोले और अमन जी बताइए क्या हो रहा है छुट्टी मे, अकेले अकेले रूम मे बोर तो हो हीं जाते होंगे, मैंने कहा हाँ हो जाते थे पर इस बार नहीं हुए, वह बोले इस बार ऐसा क्या हुआ, मैंने कहा संध्या जी जो हैं, इनके साथ घुम रहे है मस्ति कर रहे हैं फिर बोरियत कहाँ से आएगी, वह बोले, तो यह यहाँ कब आए हैं मैंने कहाँ चार दिन तो हो ही गए। वह बोले ओ, मैंने कहा हाँ, वह बोले अच्छा अब आपकी तबितात कैसी रह रही है, मैंने कहा बिल्कुल सही और आप बताए अपने बारे मे, वह बोले मैं तो हमेस से एकदम मस्त रहती हूँ, अच्छा ऐसा कीजिए आप मुझे अपना फोन नंबर दे दीजिए कभी कुछ पूछना होता है तो बहुत दिक्कत होती है, मैंने कहा अभी तो हमलोग

को पूरा दिन साथ रहना हैं चलिए बाद मे दे देंगे, वह बोले अरे मैं मजाक कर रही थी मैं लोटस टेम्पल नहीं जा रही, अब इतिफाक से कहिए या जैसे भी मैंने ऐसे हीं बोल दिया और आपलोग भी वहीं जा रहे हैं, लेकिन मैं अगले स्टेशन हीं उतर जाऊँगी थोड़ा काम है, मैंने कहा अच्छा हमलोग कोचिंग मे मिलते है तो वहीं दे देंगे, वह बोले आपका तो हमेसा यही रहता है आज दे दूंगा कल दे दूंगा, मैं कुछ नहीं जानती मुझे अभी चाहिए समझे, कैसे इंसान हैं आप एक लड़की आपसे नंबर मांग रही हैं वह भी कोमल की तरह हसीन और आप नकारते जा रहे हैं, मैं हँसने लगा, वह बोले हाँ हाँ हाँस लीजिए, वापिस बोली अच्छा अमन जी आपका किसी के साथ चकर है क्या जो नंबर नहीं देते, मैंने कहा आप भी न कोमल जी क्या क्या सोचते रहते हैं आप जो भी सोच रहे है ऐसा कुछ नहीं हैं, पता हैं नंबर न देने का कारण है कारण यह कि मुझे नींद बहुत आती है और मैं सोता भी बहुत हूँ और अगर कभी सोए हुए मे आपका फोन नहीं उठाया तो अगले दिन क्लास से पहले आप मेरी क्लास लगा देंगे, कोमल हँसने लगी और बोली मतलब आप मुझसे डरते हैं, मैंने कहा हाँ कुछ ऐसा ही समझ लीजिए, वह बोले ऐसा कुछ नहीं हैं मैं आपको न तंग करूंगी नहीं क्लास से पहले आपका क्लास लगाऊँगी देखिए मेरी स्टेशन आने वाली है जल्दी दीजिए, वह फिर संध्या जी को बोली देखिए न संध्या जी आप ही कह दीजिए न मुझे पूरा यकीन है यह आपकी बात नहीं टालेंगे दिला दीजिए न, संध्या जी बोले अमन जी आप इन्हे जानते हैं तो दे दीजिए न क्या हर्ज है देखिए बेचारी कितना रीक्वेस्ट कर रही है, अच्छा रुकिए मैं ही दे देती हूँ, लिखिए कोमल जी, कोमल बोली बहुत बहुत आभार बहन, संध्या जी ने कोमल को मेरा नंबर दे दिया, कोमल बोली अमन जी मुझे आपका नंबर मिल गया अब आपको परेशान करने मे मजा आएगा, और वैसे आज आप थोड़ा ज्यादा ही स्मार्ट लग रहे हैं, मेट्रो रुक गई वह सबको बाय बोली और मुझे यानी अमन को पकड़ी और गाल मे एक चुमन दे कर भाग गई, सीतल हँसने लगी, संध्या बोली अमन जी आपकी दोस्त तो बहुत तेज निकली, देखिए आपके गालों पे लिपस्टिक का नीसान दे गई। मैंने बाहर देखा तो वह हँसते हुए बाय कर के भाग गई, मैंने कहा, यह लड़की भी न एकदम पागल है हरवक्त ऊटपटाँग हरकत करते रहती

है, अच्छा संध्या जी अब यह छूटेगा कैसे, वह बोले यह ऐसे तो नहीं छूटने वाला, सीतल बोली रुकिए मैं ठीक कर देती हूँ, वह अपने दुपट्टे को पानी में हल्का भिगाई और पोंछने लगी, संध्या बीच मे थी तो उन्हे थोड़ा दिक्कत भी हो रहा था वह बोले संध्या ले पोंछ दे, संध्या बोली मैं नहीं पोंछूँगी, मैंने पूछा क्यों संध्या जी आप ऐसा क्यों बोल रहे हैं, वह बोले मुझे शौक नहीं किसी के लिपस्टिक का नीसान पोंछने का, सीतल बोली तू तो ऐसे बोल रही है जैसे इन्होंने कहा हो वह खुद इन्हे किश कर के चली गई तो इनकी क्या गलती, संध्या बोली कोई ऐसे ही कैसे किश कर लेगी, इनलोगों के बीच मे पक्का कोई न कोई खिचड़ी पकती होगी, यह सब हरकत देख मुझे तो इतना गुस्सा आया कि क्या बोलू, कितना गंदा आदत हैं चलती गाड़ी मे सबके सामने ऐसे कोई कैसे कर सकती हैं, मैंने कहाँ आप गलत समझ रहे हैं ऐसा कुछ भी नहीं हैं, सीतल बोली देख संध्या मैं यहाँ 3 साल से रहती आ रही हूँ, मैंने बहुत कुछ देख रखा है, इसलिए इसमे अमन जी की कोई गलती नहीं है, दिल्ली मे कब क्या हो जाता है पता भी नहीं चलता, संध्या बोली फिर भी यह गलत है न, सीतल बोली क्या सही क्या गलत अब इन्हे कौन बताए, इन्हे तो खुद भी पता नहीं होता, संध्या बोली छोड़िए वैसे भी आप दोनों की जीवन है इसके बीच मे बोलने वाली मैं कौन होती हूँ, मैंने कहा संध्या जी आप क्या क्या बोले जा रहे है ऐसा कुछ भी नहीं है और हमलोग क्लासमेट के अलावा कुछ भी नहीं हैं आप देखे नहीं नंबर भी इसे अभी मिला, अगर आप नहीं देते न तो मैं देने वाला नहीं था। संध्या बोली कोई बात नहीं आपकी जिंदगी है जो मन करिए सफाई देने की कोई जरूरत नहीं, अभी कोमल का कॉल आ गया, हैलो अमन जी, यही नंबर है न, मैंने कहा आपको और कोई काम नहीं बच्चा था क्या, रुकिए मैं मेट्रो से उतर के आपको कॉल करता हूँ, मैंने फिर फोन रख दिया, संध्या बोली इतना सरीफ़ मत बनिए मैं सब जानती हूँ, सीतल बोली क्या यार तुम भी न हद करती, अच्छा तुम बताओ तुम किसी बाग मे जाते हो बहुत सारे फूल देखते हो तो क्या मन करता है यही न कितना सुंदर है यार तोड़ लूँ क्या, कभी कभी हम तोड़ भी लेते हैं इश्क करने वाले भी ऐसे हीं होते हैं वह यह नहीं सोचते कि कौन क्या सोचेगा या कौन देख रहा कौन क्या कर रहा, उनके दिमाग

मे एक प्लानिंग रहती है जो हमेसा चलती रहती हैं और जहाँ मौका देखे बस बोल देते हैं, संध्या बोली मुझे इतना सिखाओ मत मैं बच्ची नहीं हूँ, और न ही मुझे इस चीज से एतराज हैं कि कोमल ऐसा क्यों की, सीतल बोली फिर तुम्हें दिक्कत क्या है, संध्या बोली अच्छा सीतल पहले तुम यह बताओ तुम तो मेरी दोस्त हो फिर अमन जी की इतनी तरफदारी क्यों कर रही हो, सीतल बोली मैं तरफदारी नहीं का रही, मैं संदेह मिटाना चाहती हूँ तुम्हारे दिमाग मे जो गलत फहमी घुस गई हैं न उसे निकाल बाहर फेकना चाहती हूँ, क्योंकि सब हो पर गलतफहमी न हो, यह इतनी बुरी चीज हैं कि गहरे से गहरे रिश्ते को पल भर मे तोड़ देती हैं, पत्थर सा अटूट रिश्तों को भी यह धूल बना हवा मे उड़ा देती है, और मैं नहीं चाहती कि कोई भी रिश्ता गलत फहमी की वजह से टूटे क्योंकि रिश्ता जोड़ना कोई बड़ी बात नहीं सबसे बड़ी बात हैं उस रिश्ते को निभाना और सबसे मुस्किल काम हैं टूटते रिश्ते को बचाना गलतफहमी के दलदल से अपने करीबी को निकालना। संध्या बोली अच्छा ठीक हैं मैं समझ गई, मैंने कहा हमलोग पहुँच गए, हम तीनों उठे मेट्रो रुकी और बाहर आ गए। मैं आगे आगे और संध्या सीतल मेरे पीछे पीछे आ रहे थे, लेकिन हमलोग खामोशी से चल रहे थे कोई किसी से बात नहीं कर रहा था, हम लोग प्लेटफ़ॉर्म से निकले और आगे बढ़ रहे थे कि अजय का फोन आया, हैलो अमन, मैंने कहा हाँ अजय बोलो, अजय बोला मिसन कामयाब, मैंने कहा नंबर मिला क्या, वह बोला नंबर हीं नहीं मिला बल्कि मैंने लोकैशन भी ट्रेश कर लिया है, और खुशी की बात यह हैं कि वह दिल्ली की रहने वाली हैं और उसका लोकैशन भी यहीं का बता रहा है, वह मुझे कॉल की मुझसे बात कर रही थी अभी जस्ट कॉल कट की हैं तो मैंने तुम्हारे पास कॉल किया, मैंने कहा साबास लेकिन ध्यान रहे उसे हमारे उदेश्य का पता न चले, वह बोला पता हैं अमन यह लोग इतने चतुर होते हैं कि क्या बोलू वह मुझसे ऐसे बात कर रही थी जैसे मैं उसका बॉयफ्रेंड हूँ और वह मेरी प्रेमिका है, मैंने कहा सचमे प्रेमी मत बन जाना वह बोला पागल समझा है क्या, अभी देख न शाम तक ईनकी सारी प्रेम कि बातें कैसे बिजनेस मे बदलती है मुझे अब समझ आया यह लोगों से पैसा कैसे एठते हैं, मैंने कहा अजय थोड़ा एक चीज का ध्यान रखना कि सबसे ज्यादा वह कहाँ

रहती हैं और कब, क्योंकि उनका अड्डा जानने के लिए यह बहुत जरूरी हैं, वह बोला मैं इसमे लग चुका हूँ और शाम तक कनफॉर्म भी हो जाना चाहिए, मैंने कहा अच्छा अच्छी बात है, अजय पूछा अच्छा लोटस टेम्पल पहुँच गए मैंने कहा बस पहुँचने वाले हैं, लेकिन एक गड़बड़ हो गया, वह बोला क्या हो गया, मैंने कहा वह पागल कोमल हैं न वह मेट्रो मे मिली, अजय बोला कहीं ओ तुम्हें किश तो नहीं कर दी, मैंने पूछा तुम्हें कैसे पता, वह बोला यार लगा दिया तुमने हजार रुपए का चुना, मैंने कहा क्या मतलब मैं कुछ समझा नहीं, वह बोला कोमल मुझसे चैलेंज लगाई थी कि अमन से उसका नंबर ले कर उसको किश करूंगी, मैंने कहा यार वह बिल्कुल ऐसे हीं की, पर तुमने उससे ऐसा चैलेंगे लगाया हीं क्यों, वह बोला तुम्हारी वजह से मुझे लगा था तुम उससे अपना नंबर किसी भी हाल मे नहीं दोगे, मैंने कहा आज भी उसे मैंने नंबर नहीं दिया संध्या जी दी हैं और वह झटके मे मुझे पकड़ी किश की और भाग गई, पर उसे यह कैसे पता चला कि मैं मेट्रो मे हूँ, अजय बोला मैंने हीं बताया था, मैंने कहा अरे यार देखो तुम दोनों के चकर मे संध्या जी मुझसे संदेह कर रही हैं, पता नहीं मेरे बारे मे क्या क्या सोच रहे हैं, अजय बोला अरे यार फिर तो यह गलत बात है अच्छा तुम सध्या को फोन दो, मैंने कहा संध्या जी मेरा दोस्त अजय आपसे कुछ बात करना चाहता है, संध्या फोन ली, हैलो, अजय उधर से बोला माफ कीजिएगा संध्या जी वह पागल कोमल मुझसे हमेसा अमन का नंबर मांगती थी पर मैं नहीं डेता था और अमन दे नहीं सकता था, फिर मैंने उसे अमन के बाहर जाने की बात बताई तो वह पूरा कॉन्फिडेंस मे हो गई और बोली तब तो फिर आज मैं अमन का नंबर ले कर रहूँगी और सिर्फ नंबर हीं नहीं मैं उसे किश भी करूंगी, मैंने कहा यह असंभव है तो वह मुझसे हजार रुपए का चैलेंज लगा ली, और देखिए वह हजार रुपए ले गई, संध्या बोली मतलब वह वहाँ भी पहुँच गई, वह बोला पहुंची नहीं हैं लेकिन वह अभी कॉल करेगी और कहेगी पेमेंट करो, मेरा तो हजार रुपए गए, संध्या बोली किश करने वाला चैलेंज कौन लगता हैं, वह बोला वह पागल लड़की हैं कुछ भी कर सकती हैं अच्छा लिपस्टिक का रंग हरा था क्या, वह बोली अरे हाँ मुझे माफ कीजिएगा मैंने ही उसे अमन जी का नंबर दे दिया मुझे कहाँ पता था कि ऐसा भी

कुछ होता हैं, मैं तो अमन जी के बारे मे न जाने क्या क्या गलत भी सोच ली थी, अजय बोला गलती आपकी और अमन की नहीं गलती मेरी हैं मुझे चैलेंगे नहीं लगाना चाहिए था, वह बोली पर उसे यह कैसे पता की हमलोग इसी मेट्रो मे हैं, अजय बोला वह इतिफाक से हुआ दर्सल वह यह कांड लोटस टेम्पल मे आपलोगों को ढूंढ कर करती पर आपलोग मेट्रो मे ही मिल गए, संध्या बोली मुझे नहीं पता था यहाँ के लोग ऐसे भी करते हैं, अजय बोला यहाँ के लोगों से सावधान रहिएगा यहाँ लोग एक मिनट मे देख कर पसंद कर के परपोज भी कर लेते हैं, और कहीं वैसा हुआ तो अगले 30 मिनट मे ब्रेकअप भी कर लेंगे, यह दिल्ली हैं यहाँ आपको हर प्रकार के इंसान मिलेंगे, संध्या बोले हाँ वह तो कोमल के पहली मुलाकात से पता चल गया, अच्छा किसी का फोन आ रहा हैं, मैं अमन जी को देती हूँ, वह बोला अच्छा ठीक है फिर वह फोन मुझे दे दी, मैंने देखा कोमल है अजय को बोला वही पागल है, अजय बोला उसे मेरे बारे मे मत बताना, तुमलोग बात करो मैं शाम को मजा लेता हूँ और उसके दोस्त को बता कर उसे चिढ़ाता हूँ, आज के बाद वह किश के नाम से भी नफरत करेगी, मैंने कहा नहीं यार जाने दे किसी की बेजती नहीं करनी चाहिए खास कर लड़कियों की, अजय बोला बड़ी तरफदारी हो रही हैं हाँ, मैंने कहा तरफ़दारी नहीं सम्मान नारियों का सम्मान, वह बोला अच्छा ठीक है, मैंने कहा अच्छा ठीक हैं, तबतक उसका भी फोन कट गया मैंने इधर से फोन लगाया, वह फोन उठाते ही बोल रही हैं क्यों अमन जी मजा आया, मैंने कहा क्यों कोमल जी आपमे थोड़ी सी भी लाज शर्म नहीं बची है, यार मैं तो समझता था कि आप बस मस्ति करते हैं पर आज तो आपने हद्द हीं कर दी आपका क्या हैं आप तो भाग गए पर पूरा मेट्रो मुझे देख रहा था, वह बोली सॉरी यार वह मैं न अजय से चैलेंज लगाई थी कि आपका नंबर ले लुंगी और आपको किश करूंगी तो हो गया माफ कर दीजिए, मैंने कहा लीजिए संध्या जी से बात कीजिए मैंने संध्या जी को फोन दे दिया, संध्या बोली हैलो, वह बोली मुझे माफ कर दो बहन मैंने अजय से चैलेंज लगाया था, संध्या बोली आप कैसी लड़की हैं आप चैलेंगे के लिए इस हद्द तक गिर जाएंगे, पता है सारी लड़किया गलत नहीं हैं लेकिन कुछ लड़किया गलती जरूर करती हैं और उन गलतियों को भुगतती है सारी

निर्दोष लड़कियां, संध्या पूरा भड़क गई और बोलती गई, आपको पता हैं लड़के और लड़कियों मे क्या अंतर हैं आसमान जमीन का फरक हैं, और यह फर्क इंसान नहीं भगवान बनाया है, कोमल बोली कैसा फर्क यही कि लड़कियां कमजोर है दबा के और डरा के रखो, संध्या बोली बिल्कुल नहीं यह मानसिकता हम इंसान बनाए हैं, **लड़किया नारियां यह तो सृष्टि हैं फिर यह कमजोर कैसे हो सकती हैं।**

नारियां सृष्टि हैं

आप घर बनते हुए देखे हैं, वह बोली हाँ उसमे क्या हैं वह तो सब देखते हैं, संध्या बोली एक मजबूत घर किसपे टीका हुआ हैं, वह बोली इतना भी दिमाग नहीं है यह तो सबको पता है कि ईट से बनती है तो किसपे टिकेगी ईट पे हीं न, खूबसे खूब कहोगी बालू सीमेंट, संध्या बोली बिल्कुल गलत, ईट का घर सिर्फ नाम का घर होता है, एक मजबूत घर स्त्री और पुरुष का मेल होता है, कोमल बोली स्त्री पुरुष का मेल इसका क्या मतलब, संध्या बोली, मतलब कि जो घर होता है उसमे प्लिन्थ कलम बिम्ब और दीवार होते हैं, जो ईट का दीवार हैं वह पुरुष हैं और जो कलम बिम्ब है वह स्त्री हैं, अगर एक ईट या 10 ईट खराब होता हैं तो घर मे ज्यादा कोई नुकसान नहीं है वह आराम से बदला जा सकता है, लेकिन कही कलम या बिम्ब टेड़ा या टूट गया तो पूरा घर गिर जाने की संभावना है, क्योंकि वह घर उसी पे टीका होता हैं, यानी पूरा घर उस कलम बिम्ब पर है, उसी प्रकार घर की सबसे मजबूत कड़ी नारियां होती हैं उन्हे कोई भी काम सोच समझ कर करने को कहाँ जाता हैं, स्त्री के नाम मे देवी लगाया जाता है क्योंकी भगवान ने उन्हे इंसान नहीं देवी बना कर भेजा हैं, दोनों कि इसी तरह लंबी बात हुई, उसके बाद संध्या फोन मुझे दे दी और बोली सॉरी अमन जी मैं अनजाने मे न जाने आपके बारे मे क्या क्या सोच बैठी थी, बहुत गलत गलत विचार आपके प्रति मेरे मन मे आने लगे थे, मैंने कहा कोई बात नहीं अब तो वैसा कोई विचार नहीं हैं न, वह बोली बिल्कुल नहीं अब सारे संदेह दूर हो गए, मैंने कहा तो अब खुश होइए और चलिए लोटस टेम्पल का मजा लेते हैं, वह बोले तो आप मुझे माफ किए न, मैंने कहा माफ उसे किया जाता है जो दोषी हो मैंने तो आपको दोषी माना हीं नहीं, वह बोली सीतल तू भी माफ कर दे, सीतल बोली चल

बनौती माफ किया। अब सब नॉर्मल था बातचीत होने लगी। संध्या बोली अमन जी एक तस्वीर यहाँ से, मैंने उनका एक तस्वीर लिया वह बोले सीतल आ न तू भी तेरे साथ भी एक तस्वीर लेते हैं, मैंने उन दोनों का भी एक तस्वीर लिया फिर वह बोली आइए अमन जी एक सेल्फ़ी लेते हैं, फिर हम तीनों ने एक सेल्फ़ी लिया, फिर आगे बढ़े सभी लोग अपना अपना जूता चपल उतार कर लोटस टेमप्ले मे नंगे पैर प्रवेश कर रहे थे, हम तीनों भी अपना अपना जूता उतारे और आगे बढ़े वाह क्या नजारे हैं, कमल की पंखुड़ी, पूरा कमल का फूल हैं, संध्या बोली अमन जी एक मेरी तस्वीर, मैंने उनका एक तस्वीर लिया, फिर सीतल सहित उनका फिर हम तीनों हर जगह फोटो वैसे हीं लिए, फिर अंदर प्रवेश किए, बिल्कुल शांत जगह, सभी आराम से बैठे हैं कोई ध्यान के मुद्रा मे हैं तो कोई ऐसे ही बैठा हैं मतलब वहाँ किसी भी प्रकार का कोई हलचल नहीं हो रही, थोड़ी देर हमलोग वही पे बैठे रहे, फिर आराम से वहाँ से बाहर निकले, संध्या बोली अरे अमन जी कितना शांति थी, कितना आनंद था, सीतल बात बनाते हुए संध्या को छेड़ने के मूड मे बोली, आनंद पर मुझे तो वहाँ कोई आनंद नहीं दिखा, आनंद तुम्हारा कोई दोस्त हैं क्या, संध्या बोली अरे ओ आनंद नहीं, अच्छा मतलब कोई प्यार था अच्छा चल न दिखा न मुझे भी देखना हैं कौन था जिसकी छबि तुम्हें हर तरफ दिखाई दे रही थी, संध्या बोली देत पगल वो वाला आनंद नहीं, शांति वाला आनंद, सीतल बोली कौन वह जो कविता बुआ की बेटी है उसका आनंद, संध्या बोली या तो तुम पागल हो या मुझे बना रही हो, मैं और सीतल हँसने लगे, वह बोली ओ मतलब तुम दोनों मिल कर मुझे पागल बना रहे थे, सीतल बोली पागल नहीं हम तो आनंद को ढूंढ रहे थे, संध्या बोली अच्छा रुक मुझे घर जाने दे तो मैं मामा को कहकर तुम्हें आनंद से ही मिलवाऊँगी, सीतल बोली चल आगे का नजारा देख नहीं तो आनंद के चकर मे बहुत कुछ छूट जाएगी, हमलोग ऐसे ही बात करते हुए मस्ति करते हुए पूरा लोटस लेमप्ले घूमे बहुत सारा फोटो लिए देशी विदेशी सभी तरह के लोगों से मुलाकात हुई, मस्ती करते हुए बाहर निकल गए, वाह! सचमे बहुत मजा आया, सीतल बोली इस बार आनंद नहीं आया, संध्या बोली इस बार आनंद नहीं भूख आई है चलो कही छोड़ने का इंतजाम करो इस भूख

को बड़े आए आनंद को ढुँढने वाले, फिर हमलोग एक होटल मे रुके खाना खाए और फिर निकल पड़े मेट्रो की ओर, मेट्रो लिए और मस्ति करते हुए हम तीनों घर पहुँच गए, तीनों ऑटो से उतरे, मैंने कहा अच्छा संध्या जी और कहा घूमना हैं, वह बोली अब कहीं नहीं, मैने कहा ऐसा क्यों, वह बोली कल माँ कॉल की थी बोली घर आने को कोई जरूरी काम हैं, कल मैं यहाँ से चली जाऊँगी, मैंने कहा लेकिन अभी और भी बहुत जगह थे घूमने के लिए, वह बोली अगर वैसा हुआ तो फिर आएंगे, मैंने कहा अच्छा ठीक हैं जब भी आइएगा मुझे कॉल कीजिएगा, संध्या बोली मैं दिल्ली आऊं और आपसे मिलू ना ऐसा कभी नहीं होगा, मैंने कहा कहीं भूल गए तब तो ऐसा हो सकता है न, संध्या बोली यह आप क्या बोल रहे हैं, सीतल बोली अरे आज नहीं जा रही है, संध्या कल जाएगी कल वापिस आइएगा इसे विद करने चलना होगा, मैंने कहा अच्छा ठीक हैं, आपलोग जाइएगा मैं भी जाता हूँ, संध्या बोली पहले आप जाइए हर दिन तो हमलोग ही आगे जाते हैं आज आप जाइए, मैंने कहा हर दिन की तरह आज भी आपलोग हीं पहले जाईए फिर मैं जाऊंगा, वह बोले, मैं बोली न पहले आप जाईए, मैंने कहा अच्छा ठीक है मैं हीं जाता हूँ।

16

संध्या हुई दुःखी दिल्ली से घर जाना नहीं चाहती

संध्या हुई दुःखी दिल्ली से घर जाना नहीं चाहती

फिर मैं वहाँ से आगे बढ़ा थोड़ा आगे जा कर मुड़ा तो देखा दोनों इधर ही देख रहे थे संध्या इशारा की आप जाईए, फिर मैं आगे बढ़ गया थोड़ा आगे बड़ा तो देखा अब भी दोनों वही खड़े थे मैं वही रुक गया और कॉल किया, वह फोन उठाई मैंने कहा क्या हुआ आपलोग जा क्यों नहीं रहे हैं, वह बोली बस ऐसे ही आपको देखने का मन कर रहा है, मैंने कहा क्या, वह बोले कुछ नहीं आप जाईए, मैंने कहा अब मैं बहुत दूर आ गया हूँ आपलोग जाईए फिर मैं जाऊंगा, वह बोले आप जिद्द क्यों कर रहे है जाईए न, मैंने कहा आप मत जाइए देखिए मैं भी नहीं जाऊंगा, वह बोले मुझे अभी रूम जाने का मन नहीं है अमन जी इसलिए रुकी हूँ, सीतल बोली क्यों संध्या क्या हुआ तबीयत तो ठीक हैं न, वह बोली हाँ मैं बिल्कुल ठीक हूँ, सीतल पूछी तो फिर तुम जाना क्यों नहीं चाहती, वह बोली पता नहीं क्यों अब मन थोड़ा सा दुखी लग रहा है, इतने मे मैं वापिस आ गया, वह बोले अरे आप आप यहाँ वापिस क्यों आ गए, मैंने

उनका हाँथ पकड़ा फिर माथे को छुआ, वह बोले अरे बाबा मुझे बुखार नहीं हैं मैं ठीक हूँ आप परेशान क्यों हो रहे हैं, मैंने कहा अभी कही और घूमना है, वह बोली हाँ, सीतल बोली हाँ का क्या मतलब तुम रात को घूमेगी, संध्या बोली कल घर जाना है न यार, सीतल बोली तो अभी कहाँ घुनोगी, संध्या बोली वह चन्ना का भुजना बना रहा है न, उसके पास से चन्ना ले कर उस पुलिया पे बैठने का मन कर रहा हैं, अमन ने कहा अच्छा ठीक है चलिए, सीतल बोली पर अमन जी, मैंने कहा आप चिंता मत कीजिए मैं हूँ न,और अभी रात भी नहीं हुई अभी तो सभी घुमने निकले हैं, वह बोले ठीक हैं, फिर हमलोग तीनों चले उनके पास से भुजा चन्ना लिए और जा कर पुल पे बैठ गए, थोड़ी ही देर मे संध्या बोली अब चलो हो गया, सीतल बोली इतना जल्दी, मैंने कहा संध्या जी आप ठीक हैं न, वह बोली हाँ अमन जी मैं बिल्कुल ठीक हूँ, इतना कह कर वह सीतल का हाँथ पकड़ी और मुझे बाय का इशारा कर के चली गई, न जाने क्यों पर मुझे लग रहा था कि उनकी आँखे नम थी दिल रो रहा है, मैं देखता रहा वह एक बार भी पलट कर नही देखी, वे दोनों चले गए मैं भी अपने रूम आ गया, लेकिन उनके जाने की बात सुन कर मन बहुत दुखी था, ऐसा लग था कि बोल दूँ जाना जरूरी हैं क्या, पर कैसे बोलता बोल नहीं सकता। आते आते काफी रात भी हो गई थी, मैं रूम आ कर हाँथ पैर धोया चेहरा धोया और ऐसे ही आराम करने के लिए बेड पे लेटा और नींद आ गई। आजकल मुझे थकान थोड़ी ज्यादा हो रही थी और आज मैं उन्हे कॉल किए बिना ही सो गया था, रात के लगभग 12 बज गए मैं सोया हुआ था की किसी का कॉल आया हैलो, मैंने कहा हैलो, उधर से बहुत धीमी आवाज आई संध्या की आवाज, वह पूछी आज बहुत थक गए थे क्या, मैंने कहा माफ कीजिएगा आज मैं कॉल नहीं कर पाया ऐसे ही बेड पे पड़ा और आँख लग गई, वह बोली आप हर बात पे माफी मत मांगा कीजिए मुझे अच्छा नहीं लगता, मैं भी तो आपसे फोन कर के पूछ सकती थी कि आप पहुंचे या नहीं पर मैं भी कॉल नहीं की, मैंने कहा आप अभी तक सोए नहीं, वह बोले नहीं, न जाने क्यों मुझे आज नींद हीं नहीं आ रही, मैंने कहा आप दुखी हैं न, वह बोली हाँ, मुझे यहाँ से जाने का मन नहीं हो रहा, दिल कर रहा है थोड़ा समय और रह लूँ, मैंने कहा आप माँ से बात

नहीं किए, वह बोली किए थे पर माँ बोल रही हैं फिर से जाना होगा तो चली जाना पर अभी आजा कुछ जरूरी हैं, इसलिए जाना पड़ रहा हैं, मैंने कहा तो अभी चले जाईए फिर वापिस आ जाइएगा क्या दिक्कत हैं, वह बोले इतना भी आसान नहीं है बड़ी मुस्किल से तो आई हूँ और अब फिर कभी आ पाऊँगी या नहीं मैं नहीं जानती, मैंने कहा ऐसा क्यों बोल रहे हैं जब मन करे आ जाइएगा, वह बोले नहीं मैं नहीं आ पाऊँगी, मैंने पूछा अच्छा टिकट बुक कर लिए, वह बोले हाँ भैया कर दिए हैं, मैंने कहा आप दुखी मत होइए भगवान ने चाहाँ तो जरूर आइएगा, वह बोले यही तो नहीं होता जो मैं भगवान से कहती हूँ वह सुनते नहीं बलकि उसके उल्टा करते हैं, ऐसे ही बात होते होते बहुत वक्त हो गया लगभग रात के दो बज गए, आज संध्या जी के बोल बहुत ज्यादा बदले हुए थे आज तक वह कभी भी मुझसे वैसे बात नहीं किए जैसे आज किए, वह कभी मुझसे दुख हो सुख हो कोई भी बात नहीं कहते थे बस जितना काम उतना हीं कहते थे, मुझे कारण पता नहीं क्यों और क्या सोच कर पर उनका वह उदास चेहरा मुझे भी दुखी कर रहा है, मैं वापिस सो गया और नींद ऐसी लगी की सुबह के 9 बज गए, नींद खुली तो 35 मिस कॉल सारे संध्या के थे, मैंने झट से उन्हे कॉल किया वह वही धीमी आवाज मे बोली फोन साइलेंट था क्या, मैंने कहा हाँ पर आपको कैसे पता, वह बोली क्योंकि अगर साइलेंट नहीं होता तो आप मेर फोन उठाने मे इतना देरी करते हीं नहीं, मैं बोला पता नहीं कैसे साइलन्ट हो गया था, वह बोले मुझे स्टेसन तक छोड़ने नहीं जाइएगा, मैंने कहा रुकिए मैं तुरंत आता हूँ वह बोले आराम से ट्रेन अभी नहीं शाम को पाँच बजे है अभी आप खाना बना खा लीजिए और तीन बजे आइएगा मैंने पूछा तीन बजे क्यों, वह बोले ऐसे हीं थोड़ा बहुत घूमना भी हैं, मैंने कहा अच्छा ठीक हैं, फिर फोन रख दिया, और खाना बना कर खा भी लिया, अजय का फोन आया हैलो अमन क्या कर रहे हो, मैंने कहा कुछ भी नहीं तू बता, वह पूछा संध्या चली गई, मैंने कहा आज चली जाएगी, वह बोला अच्छा एक खुशखबरी हैं, मैंने कहा क्या, वह बोल मैने नहीं सोचा था इतनी आसानी से पूरा पता मालूम हो जाएगा, आज संध्या को जाने दे कल हमलोग मिशन पे चलेंगे, मैंने कहा हाँ, वह बोला अच्छा चल फिर कल मिलते हैं, मैं बोला अच्छा ठीक है।

17

दिल्ली से संध्या की विदाई

दिल्ली से संध्या की विदाई

तीन बजे मैं रूम से निकल कर संध्या को कॉल किया, संध्या अकेली आई, मैंने पूछा और सीतल जी, वह बोले उसका क्लास था तो वह बोली तुम अमन के साथ चली जाना, मैंने कहा अच्छा ठीक हैं चलिए, हमलोगों वहाँ से निकल पड़े थोड़ा बहुत घूमे और फिर नई दिल्ली रेलवे स्टेशन पहुँच गए, अभी ट्रेन आने मे करीब 25 मिनट का समय था, मैंने उनसे पूछा तो संध्या जी कैसी लगी आपको यह दिल्ली, वह बोले दिल्ली का तो पता नहीं पर आपके साथ गुजारा हुआ हर एक पल यादगार बन गया, कभी ऐसा लगा हीं नहीं की मैं किसी अनजान के साथ मे हूँ, मुझे हर पल ऐसा लगा जैसे मैं किसी अपनों के साथ हूँ, आपने अपना वक्त दिया इतना ध्यान रखा मैं आपका कैसे शुक्रिया करू मुझे समझ नहीं आ रहा, मैंने कहा संध्या जी शुक्रिया कर मुझे एहसानी मत बनाइए अगर आप चाहते हैं कि मैं खुश रहूँ तो शुक्रिया जैसे शब्दों का प्रयोग मत कीजिए, वह बोले तो क्या करे आप हीं बताइए, मैंने कहा कुछ मत कहिए, वह बोले अच्छा ठीक हैं मैं चुप रहती हूँ, मैं उनकी इस बचकानी हरकत पे हंस पड़ा और कहा अरे वैसे नहीं, चुप का मतलब ऐसा थोड़ी की आप मुझसे बात ही ना करें, वह हँसने लगी मैंने कहा आप हंस क्यों रहे हैं वह

बोले पीछे देखिए न, मैंने देखा तो मुझे भी हंसी आ गई, वह बोले दुनिया मे अजीब अजीब लोग रहते हैं, तभी मेरी निगह कैमरा पर गई, मैंने कहा अरे संध्या जी यह विडिओ बन रहा हैं वहाँ देखिए कैमेरा, वह बोले अमन जी कैमरा एक बहाना हैं आज इस डिजिटल दुनिया मे कैमरा को सामने रख कर लोग क्या क्या कर रहे हैं, लोग उस विडिओ को मजाक वाला विडिओ समझ कर मुस्कुरा दे रहे हैं पर अगर आप गौर कीजिए तो यह विडिओ नहीं बल्कि लोगों के बीच एक गलत संदेश जा रहा हैं, चाहे परेंक का सहारा हो या हंसी का बहाना हो, लोग लड़कियों के साथ कितना अभद्र व्यवहार करते हैं और जब वह लड़की तंग आ जाती है कोई शक्त कदम उठाने लगती हैं तो सामने वाला यह कह कर निकल जाता हैं की हम आपके साथ परेंक कर रहे थे और इस प्रकार वह वहाँ से बच कर निकल जाता हैं, यह परेंक के नाम पे हर दिन न जाने कितने लोग कितने लड़कियों के साथ क्या क्या बातें करते हैं कैसी कैसी अभद्र व्यवहार करते हैं और फिर बचने के लिए बस कैमरा दिखा देते हैं, आज कितना खराब वक्त मे हम जीवन व्यतीत कर रहे हैं जहाँ न तो अपने घर परिवार के साथ एक फिल्म देख सकते हैं न ही समाचार देख सकते हैं, आप सोच रहे होंगे की यह बीच मे समाचार क्यों आ गया और समाचार मे क्या दोष हैं उसे क्यों नहीं देख सकते, तो दोष समाचार मे नहीं हैं उसमे जो जगह जगह पर विज्ञापन चलाया जाता हैं उसमे दोष है, कुछ कुछ विज्ञापन मे ऐसे अश्लील शब्द या विडिओ दिखाया जाता हैं जीसे देखना परिवार के साथ बिल्कुल भी अच्छा नहीं लगता, हम सब जानते हैं की कुछ चीजे होती हैं पर उसकी एक अलग जगह हैं, अमन जी आप समझ रहे हैं न मैं क्या कहना चाह रही हूँ, मैंने कहा हाँ संध्या जी मैं समझ रहा हूँ और यह भी देख था हूँ की लोग पैसा के लिए इस हद तक गिर जाते हैं की कुछ भी करने को तैयार हो जाते हैं देख लीजिए यही पे क्या हो रहा हैं सभी देख रहे हैं पर कोई बोलेगा नहीं क्योंकि सामने कैमरा रखा हुआ हैं, वह बोले छोड़िए अमन जी क्या कर सकते हैं, अब चलिए मेरी ट्रेन भी आने वाली हैं फिर हमलोग प्लेटफ़ॉर्म पर पहुँच गए। वह बोले पता हैं अमन जी मुझे न यहाँ से जाने का बिल्कुल भी मन नहीं हो रहा, क्या करे मन तो हो रहा हैं की कोई बहाना बना कर यही पे रुक जाऊ पर अगर कोई बहुत जरूरी

काम हुआ तो दिक्कत हो जाएगा, तभी सीतल का फोन आ गया मैंने कहा हैलो, सीतल बोली कहा हैं अमन जी, मैंने कहा अपने रूम पे क्यों, वह घबरा कर बोले आप रूम हैं तो संध्या को स्टेशन छोड़ने कौन गया, मैंने कहा मैं क्या जानु आप साथ मे हैं तो आप हीं न जानेंगे, वह बोले अरे यार, मैंने कहा आप एक बार भी कॉल नहीं किए नहीं संध्या जी किए तो मुझे लगा आपलोग चले गए होंगे, वह बोले देखिए आप झूठ मत बोलिए मुझे पता हैं आप संध्या के साथ हैं मैंने कहा अरे नहीं मैं रूम मे हूँ, तभी अलाउंस हो गया की ट्रेन आने वाली हैं, सीतल बोली ट्रेन आपके घर मे चलती हैं क्या अमन जी, संध्या बोली अरे सीतल यह मजाक कर रहे थे हमलोग यहाँ 1 घंटा से हैं। सीतल बोली मैं तो डर हीं गई थी, वह बोले तू पागल हैं तो डरेगी नहीं, मैंने तो तुम्हें कहा ही था की वह मेरे साथ जाएंगे फिर भी तुम, वह बोले अरे यार पर वह इतना सिरियस हो कर बोल रहे थे मुझे लगा जैसे वह सच बोल रहे हैं, संध्या बोली अच्छा कोचिंग छूटी हो गई क्या, वह बोले अरे नहीं रे पागल अभी दूसरे सर आएंगे तो थोड़ा वक्त मिल जाता है न तो सोची पूछ लेती हूँ, वह बोली अच्छा ठीक हैं तुम क्लास करो मेरे पास अमन जी हैं कोई चिंता की बात नहीं हैं यह मुझे मेरे सीट पर बैठा कर हीं जाएंगे, अच्छा फोन रख ट्रेन आई, फोन रख दी, संध्या बोली आपने तो उसे डरा हीं दिया था, आप भी न गजब मजाक करते हैं, मैंने कहा पता नहीं कैसे मुझे भी मस्ति सूजी और मैंने बोल दिया, वह बोले अच्छा कोई नहीं जो भी था अच्छा था, मैंने पूछा अच्छा संध्या जी आप अकेले चले जाएंगे, वह बोले अगर मैं ना कहूँ तो आप मेरे साथ चलेंगे क्या, मैंने कहा अगर आपकी यही आज्ञा होगी तो क्या करेंगे, वह बोले सच्ची, मैंने कहा आप आज्ञा तो दे कर देखिए, वह बोले अगर मैं आज्ञा दे भी दी तो आरक्षित सीट है आप कैसे जाएंगे, मैंने कहा ओ सब आप मुझेपे छोड़ दीजिए, वह बोले फिर उधर से आपको अकेले आना पड़ेगा, मैंने कहा मैं लड़का हूँ मुझे कोई दिक्कत नहीं वैसे भी मैं ज्यादातर अकेला ही सफर करता हूँ, वह बोली आप पक्का चलने को तैयार हैं, मैंने कहा अगर दिन का सफर होता तो मैं मना कर सकता था पर रात का सफर है तो मैं साथ मे ही चलने को सोच रहा हूँ। संध्या बोली अमन जी आप मुझे कमजोर तो नहीं समझते।

18

नारी शक्ति

नारी शक्ति

संध्या बोली अमन जी आप मुझे कमजोर तो नहीं समझते न, मैंने कहा मैं सबको कमजोर समझ सकता हूँ पर नारी को कभी नहीं, वह बोले ऐसा क्यों, मैंने कहा क्योंकि जिस दिन नारी कमजोर हो गई उस दिन यह दुनिया कमजोर हो जाएगी, वह बोली मैं कुछ समझी नहीं आप कहना क्या चाहते हैं, मैंने कहा अगर मैं खुदको मजबूत कहता हूँ, अगर मैं खुदको शेर कहता हूँ यानि मेरी माँ शेरनी होगी मुझसे बहुत ज्यादा शक्तिशाली, क्योंकि बिल्ली के बच्चे कभी शेर नहीं हो सकते और जो शेर हैं वह कभी बिल्ली के बच्चा नहीं हो सकते यानि वह शेरनी हीं होगी तो शेर को जन्म देती है, वह पूछी फिर दुनिया नारियों को कमजोर क्यों समझती हैं मैंने कहा अज्ञानता के कारण, वह बोली लेकिन एक चीज मैं देखती हूँ कि पुरुष के आगे एक नारी ताकत मे सचमे कमजोर पड़ जाती हैं यहाँ तो अज्ञानता नहीं हैं यहाँ तो साफ दिखाई देता हैं कि नारी कमजोर हैं, मैंने कहा नहीं यह भी गलत हैं ताकत के मामले मे भी जितना ताकत एक स्त्री के अंदर होता है उतना शक्ति पुरुष के अंदर कभी नहीं हो सकता, वह बोले आप जो बोल रहे हैं वह और मैं जो देखती हूँ वह बिल्कुल अलग हैं, कहने का अर्थ यह हैं कि मेर भाई का जितना ताकत हैं उतना मेरी माँ को ताकत नहीं हैं मेरी माँ अगर 35 केजी वजन उठा पा रही हैं तो मेरा भाई 50 केजी उठाने मे सक्षम है, यानि मेरी माँ

ताकत मे कमजोर हैं, मैंने कहा यह भी आपका भरम हैं, मैं आपको एक उदाहरण से समझता हूँ जैसे एक दीपक है उसमे घी भर दिए हैं, उसमे अभी इतना घी हैं कि वह अगर 5 दिन लगातार जले तो भी जलती ही रहेगी, अब उसके सामने 5 खाली दिया को लाया जाता हैं और उस दीप का सारा घी उन पाँचों दीपकों मे बाँट दिया जाता हैं, अब जब वह दीप अन्य सभी दीप को अपना घी दे दी तो वह अब बिना घी का दीप बन के गई अब सिर्फ उस दीप के बाती मे जो घी बची ही हैं बस उतना हीं है फिर भी वह दिया पूरी रात जल सकती हैं, और बाकी दिए उससे ज्यादा जलेंगे क्योंकि उसका सारा घी उन दीपो के पास हैं। एक और भी कारण है "नारी के पास दया और सहानुभूति बहुत अधिक होती है और वही उसे अपना ताकत दिखने नहीं देती" आप समझ रहे हैं न मैं क्या कहना चाह रहा हूँ, वह बोले हाँ अमन जी मैं तो समझ रही हूँ पर अब इन्हे कौन समझाए की **"माँ उस भरे घी वाले दीप की तरह हैं जो अपना घी अपने संतानो को शरीर प्रदान करने मे खर्च देती हैं और जब वह बिन घी के हो जाती हैं तो वही संतान उसे शक्तिहीन बुलाता है कमजोर समझ पीड़ा डेता है"**।

19

अमन और संध्या का ट्रेन मे सफर

अमन और संध्या का ट्रेन मे सफर

अब ट्रेन भी आ गई, संध्या बोली अमन जी आप सचमे चल रहे हैं मैंने कहा हाँ रात भर की तो बात हैं, फिर हमदोनों स्लीपर बोगी मे घुस गए, मैंने पूछा कितना नंबर सीट संध्या जी, उन्होंने कहा 7 नंबर खिड़की तरफ, उनका शीट मिल गया, वह बोले मेरा तो हो गया अब आप कैसे जाएंगे मैंने कहा आप देखते रहिए बस टीटी को आने दीजिए, ट्रेन चलने लगी, संध्या बोली अमन जी मेरा दिल जोर जोर से धड़क रहा है अगर टीटी ने आपको सीट नहीं दिया तो, मैंने कहा अगर दे दिया तो, वह बोले फिर बहुत अच्छा हैं मैंने कहा हाँ तो ऐसे ही सकारात्मक सोचिए। फिर हम दोनों आमने सामने वाले सीट पे बैठ गए, तभी टीटी आया, टिकट टिकट टिकट दिखाइए, संध्या जी ने टिकट दिखाया फिर मुझसे माँगा मैंने थोड़ा साइड मे आने को कहा थोड़ी बात हुई फिर बात बन गई, वह टीटी सबसे टिकट मांगते हुए चल गया, संध्या बोली क्या हुआ, मैंने कहा इस सीट मे बटवारा हो गया अब आप सो नहीं पाएंगे, उन्होंने पूछा ऐसा क्यों, मैंने कहा क्योंकि ट्रेन मे कही और सीट हैं नहीं इसलिए इस स्लीपर सीट को दो सीट मे बाँट दिया गया उधर आप बैठिए और इधर मैं बैठूँगा, वह बोले कोई बात नहीं रात भर की तो बात है रात ऐसे हीं कट जाएगी

और बहुत अच्छा भी हुआ अब आप साथ हैं तो अब मैं चिंता मुक्त हो कर जाऊँगी, तभी संध्या के फोन पे सीतल का कॉल आया, हैलो संध्या ट्रेन आई क्या, वह बोली हाँ और मुझे सीट भी मिल गया है, सीतल बोली आराम से जाना रात की बात है ज्यादा किसी से बात मत करना क्योंकि तू अकेली है, संध्या बोली तुम चिंता मत करो मैं अकेली नहीं हूँ, सीतल बोली तुम अकेली नहीं हो क्या मतलब है तुझे कोई पहचान वाला मिल गया क्या, वह बोली अरे नहीं अमन जी मेरे साथ जा रहे हैं, सीतल बोली क्या अमन पर वह क्यों जाएंगे, संध्या बोली वह मेरे साथ मुझे घर तक छोड़ने जा रहे हैं, सितल बोली कही तुम झूठ तो नहीं बोल रही, संध्या जी मुझे फोन दे दी, मैंने कहा हाँ सीतल जी कहिए, वह पूछे आप क्यों जा रहे हैं, मैंने कहा संध्या जी को रात्रि वाले ट्रेन मे अकेले कैसे छोड़ सकता था इसलिए मैं भी चल दिया। वह बोले अच्छा ठीक है जाईए आपकी यात्रा मंगलमय हो, मैंने कहा आपका बहुत बहुत आभार, फिर थोड़ी देर संध्या भी बात की और फोन रख दि, संध्या पूछी अच्छा आज की यह सफर कैसी रहेगी अमन जी, मैंने कहा मेरे लिए तो यादगार ही होगी, वह पूछे कैसे मैंने कहाँ क्यों आपकी सफर यादगार नहीं होगी क्या वह बोले मेरे लिए तो होगी हीं और अविषमरणीय भी क्योंकि यह सफर आपके नाम है, मैंने पूछा मेरे नाम क्यों, वह बोले क्योंकि आप मेरे लिए सिर्फ मेरे लिए सफर कर रहे हैं इसलिए, मैंने कहा ऐसा नहीं हैं वह बोले मतलब आप मेरे लिए नहीं आए हैं, मैंने कहा अरे आप तो, वह हँसने लगे और बोले पता हैं अभी कैसी फीलिंग आ रही हैं, मैं किसी फिल्म मे देखी थी एक लड़की एक लड़के से कुछ पूछती हैं तो वह बोलत हैं नहीं ऐसा नहीं हैं वह बोलती हैं मतलब तुम मुझे पसंद नहीं करते तो वह लड़का बोलता है अरे तुम तो मुझे फसा रही हो, कुछ इस तरह फिर हम दोनों हँसने लगे, थोड़ी देर बाद मैंने पूछा अच्छा सुबह आपको लेने कौन आएंगे, वह बोले आप सुबह की फिक्र क्यों कर रहे हैं अभी मे रहिए न और सफर का मजा लीजिए, **"देखिए कितनी हसीन शाम हैं जो सफर आपके नाम है, दिल कर रहा है मैं इस पल को किसी शिप मे कैद कर लूँ, जहाँ नहीं उदासी नहीं गम का कोई नाम है"**, मैंने कहा अरे वाह आप तो शायर निकले, वह बोले मुझे शायरी नहीं आती बस ऐसे ही कभी कभी मुह से निकल जाती है,

मैंने कहा जब बिना मेहनत के आप इतना अच्छा कर लेते हैं यानि आप मेहनत करेंगे तो आप शानदार शायर बन सकते हैं। वह बोले हो सकता है पर मैं उन शायरी का क्या करूंगी, मैंने कहा लोगों को सुनाइएगा वह बोले मुझे अच्छा नहीं लगता मैं खुदमे ही मस्त रहती हूँ, मैंने कहा यह सबसे अच्छी बात हैं जो खुदमे मस्त है वही सबसे खुश है, वह बोले एसा नहीं हैं जी जो अकेले रहता है न वही जनता हैं अकेलापन, " यह ठीक है की अकेले रहना चाहिए पर इतना भी अकेले नहीं कि पत्थर की तरह एकांत मे पड़े हैं थोड़ा लोगों के साथ भी रहना चाहिए" मैंने पूछा अच्छा संध्या जी यह सब तो ठीक हैं पर यह जिंदगी क्या हैं, वह बोले ***जिंदगी एक अनजान सफर हैं***, मैंने पूछा अनजान सफर पर कैसे, वह बोले अनजान ही तो हैं, मैंने कहा मुझे समझ नहीं आया क्या आप इसे थोड़ा विस्तार से बताएंगे, वह बोले अगर मैं विस्तार से बताने लगी तो यह बहुत लंबी कहानी हो जाएंगी, मैंने कहा कोई बात नहीं वैसे भी रात भर हम सफर मे क्या करेंगे, कुछ तो बात करेंगे ही न तो एक विशेष टॉपिक पे ही हो जाए, वह बोले आप बोर हो जाएंगे, मैंने कहा आप ऐसे ही कुछ भी बोलते रहेंगे तो भी मैं बोर नहीं हो सकता, वह बोले क्यों, मैंने कहा आप बताइए न, वह बोले अच्छा ठीक है सुनिए।

20

जिंदगी एक अनजान सफर

जिंदगी एक अनजान सफर

संध्या अब जिंदगी के बारे मे कुछ बताने जा रही हैं और कोई नहीं जनता की वह क्या बताने वाली हैं सच कहिए तो यह भी एक अनजान सफर ही है। वह बोले थोड़ा पानी पी लेने लीजिए, मैंने कहा आप तो ऐसे कह रहे हैं जैसे एक बहुत बड़ा पर्वचन देने जा रहे हैं, वह हँसने लगे और बोले तब छोड़िए मैं नहीं सुनाऊँगी, मैंने कहा अरे मैं मजाक कर रहा था आप सुनाइए न, वह पानी पी लिए और बोले अब आराम से बैठ जाईए मैं सुनाने जा रही हूँ लेकिन एक दिक्कत है मैं एक कहानी सुनाते सुनाते दूसरी कहानी सुनने लगती हूँ अगर मैं भटकू तो याद दिलाइएगा, मैंने पूछा और अगर उसमे भी मजा आने लगा तो, वह बोले तो भी रोकिएगा, मैंने कहा अच्छा ठीक है, वह बोले तो अब सुनिए।

हम जब जन्म लेते हैं तब से लेकर मौत तक एक अनजान रास्ते पे चलते हैं हमे कभी भी यह पता नहीं होता की अगले पल क्या होगा, मैं आपको एक उदाहरण से समझती हूँ, हम दोनों घर से एक लौंग टूर पे निकले हम एक अंदेशा से यह बता सकते हैं की हमारी यात्रा 1 साल की होगी या 2 साल की लेकिन वह सिर्फ एक अनुमान हैं फिर भी अगर वह सत्य हुआ तो वह सिर्फ इतिफाक होगा क्योंकि कोई नहीं जनता

की अगले पल क्या होगा, अब हम दोनों सफर मे निकल गए हैं और ऐसा सफर जिसका नहीं हमे रास्त पता हैं न वहाँ के लोग के बारे मे जानते हैं, जीतने कदम हम बढ़ते है उतने कदम पे हम कुछ अलग पाते हैं, यह हमेसा होता हैं लेकिन क्योंकि हम कभी महसूस नहीं करते इसलिए हमे सबकुछ एक जैसा लगता हैं, अगर आप अपने सांस को भी महसूस कीजिए तो वह भी कुछ बताएगी और हर पल कुछ अलग महसूस कराएगी, हम सफर मे निकल पड़े है हो सकता है आगे पहाड़ मिले जंगल मिलेगा उसके आगे नदी उसके आगे बंजर इलाका, जरूरी नहीं हैं कि ऐसा हीं हो कुछ और भी हो सकता हैं क्योंकि सफर भी जिंदगी के साथ चल रही है और जिंदगी एक अनजान सफर हैं, हमलोग आज पूरा दिन घुम लिए और सोचे की कल हमलोग समंदर देखेंगे उसमे नहाएंग, फिर सुबह उठे और बस पकड़ कर निकाल गए पर ऐसा हुआ की बस पंचर हो गया वह बोले अभी 1 घंटे लगेंगे तब तक आपलोग थोड़ा घुम लीजिए, हमलोग बस से उतरे और सोचे की चलो आस पास घुम लेते हैं जब आगे बढ़े तो बहुत हीं खूबसूरत झील दिखी अभी वक्त था तो मन हुआ चलो वहाँ से घुम आते हैं, उस झील की खूबसूरती ने हमे अपनी ओर खिच लिया और हम दौड़े दौड़े उसके तरफ चले गए, उस झील से अब थोड़ा सा दूर हैं की तभी हम रुक गए और सोचने लगे इतना खूबसूरत नजारा यहाँ कोई क्यों नहीं हैं, फिर मन मे विचार आया शायद किसी को पता ही न हो फिर वापिस मन मे विचार आया कही यहाँ कोई मुसीबत तो नहीं, दिमाग मे जैसे ही मुसीबत आया हमलोग डरने लगे, और चारों तरफ देखने लगे दूर दूर तक कहीं कोई इंसान नजर नहीं आ रहा, दूसरी तरफ वहाँ की खूबसूरत नजारे बार बार खिच रही हैं, फिर हमलोग आगे बढ़ते हैं बहुत दूर यह फेला सरोर ऊपर से पानी गिर रहा हैं दूर तक फैला कमल के फूल, ऐसे झूल रहे हैं जैसे की वह हमे बुला रहे हैं हम लोग धीरे धीरे बढ़ रहे हैं फिर सोचे हमलोग डर क्यों रहे है तभी कुछ आवाज सुनाई देती हैं, हमलोग झट से पीछे देखते हैं पर कुछ भी दिखाई नहीं देती फिर हम थोड़ा आगे बढ़ते है फिर से कुछ सुनाई दिया, हवा की गति बढ़ने लगी, कुछ टूटने की आवाज आने लगी सोचने लगे यह क्या हो रहा हैं, तभी किसी चीज की बहुत बड़ी छाया दिखाई दी और गुजर गई, जब सर

उठाया तो देखा एक बहुत ही बड़ा विशाल पंछी है जो ऊपर उड़ रहा है और उसी के पंखों के करना हवा हमसूस हुआ, अब थोड़ा जान मे जान आया, यह क्या वह पंछी तो हमारे तरफ आ रहा है, हमलोग भागने लगे, तभी सामने से एक और पंछी आने लगा, उस झील मे भी हाल चल होने लगी, यह क्या यह तो विसाल मंगरमछ है, हमलोग दूसरे तरफ भागने लगे, और बचाओ बचाओ की आवाज लगाने लगे, तभी कही से शेर की आवाज आने लगी, आसमान मे शिकारी पंछी पीछे से मंगरमाछ और कही से शेर की आवाज अब क्या होगा, हमलोग भागे जा रहे हैं और चीख रहे हैं कुछ भी समझ नहीं आ रहा, तभी समने शेर आ कर खड़ा हो गया अब क्या करे, शेर की दहाड़ सुन कर तो ऐसे ही हालत खराब हो गई अब शेर हमारी ओर ही बढ़ रहा हैं, अमन जी अब कैसे करे, ऐसा करते हैं शांत रहते हैं और देखते हैं वह कैसे अटैक करता हैं, ज्यादा सोचने का वक्त भी नहीं हैं पीछे से मगरमछ भी हैं, ऐसा करते हैं हमलोग बैग सामने रखते हैं और जब वह उछलेगा तो झुक जाएगे, क्योंकि अब कोई रास्ता नहीं हैं क्योंकि उससे लड़ भी नहीं सकते हैं, अरे संध्या जी एक युक्ति सूझी, तो जल्दी बोलिए न कब बोलिएगा जब वह शेर हमे खा लेगा तब, ऐसा कीजिए झट से आप अपना कपड़ा निकालिए, वह कपड़ा निकालने लगे, अरे मेरा मतलब की बैग से दुपट्टा निकालिए उसमे आग लगाएंगे, वह झट से अपना दुप्पटा निकाले और उसमे मेरा शर्ट बांध दी, अरे अमन जी जल्दी कीजिए, झट से अमन ने उसमे आग लगाया और शेर की तरफ बढ़ने लगा, शेर भी उसके तरफ बढ़ रहा हैं, आराम से अमन, आग तेज हो गई और धधकने लगी, यह क्या आग नीचे गिर गई, अरे नहीं जंगल मे आग लग गई, भागों आग बढ़ने लगी शेर वहाँ से भाग गया, अमन जी अब कैसे करे मंगरमछ भी भाग गया पर अब हम कैसे करे, यह तो मुसीबत बढ़ती जा रही है, इस खूबसूरत झील ने हमे मुसीबत मे डाल दिया, संध्या आँख बंद कर ली और बोली हे प्रभु रक्षा कीजिए हमे इस मुसीबत से निकालिए इस जंगल को बचाइए, तभी ऊपर से उस झील मे बहुत बड़ा पत्थर गिरा और पानी बहुत ऊपर उछल गया जंगल मे हर तरफ जैसे बारिश होने लगी आग थोड़ी कम हो गई, लगातार 10 पत्थर गिरा फिर मानो जैसे मूसलाधार बारिश होने लागी, हम दोनों सोच मे पड़

गए की आखिर यह क्या हो रहा हैं, क्या यह कोई चमत्कार है या प्रभू की कोई कृपा आग बुझ गई, हमदोनों चकित रह गए, तभी कुछ ऐसा दिखा कि हमारे होश उस गए, वह झील और भी ज्यादा खूबसूरत लगने लगी, कही हम सपना तो नहीं देख रहे हैं, नहीं यह सपना नहीं हकीकत हैं, पर ऐसा कैसे हो सकता हैं, देखते हीं देखते हर तरफ अंधेरा हो गया और उस सरोवर का हर फूल बल्ब की भाति रंगबिरंगा होने लगा, बहुत ही खूबसूरत लगने लगा, यह क्या पानी ऊपर की तरफ उठने लगा पहाड़ की तरह उठ गया और फिर उसके ऊपर कुछ बैठा है शायद सीप हैं यह क्या वह खुल रहा हैं, उसमे से रौशनी निकल रही हैं हमारी आँखे उन्हे देख नहीं पा रहे हैं, थोड़ी ही देर मे कोई देवी उसमे से निकली, यह क्या हम ऊपर उठने लगे हम दोनों ऊपर उठ गए, अमन जी यह क्या हो रहा है, जब पाव के नीचे देखे तो हमलोग किसी शार्प के फन पे हैं और वह शार्प हमे उस देवी के पास ले कर जा रहा है, तभी मेरी चीखे निकाल गई बचाओ वह देवी बोली डरो नहीं मेरी बेटी तुम्हें कुछ नहीं होगा, मैं किसी का बुरा नहीं करती, हमलोग उस देवी के पास पहुँच गए यह पूरा जंगल अंधेरे मे हैं सिर्फ कमल के फूल बल्ब कि भाति रंगबिरंगी चमक रहे हैं और वह देवी जिस सीप मे खड़ी हैं वह शिप से रौशनी आ रही हैं, हमलोग उस देवी के पास पहुँच गए। अमन जी देखिए न यह कितनी खूबसूरत हैं, कितनी प्यारी आँखे कितना प्यारा होंठ कितनी सुंदर लग रही हैं मुझे तो यह कोई परी लग रही है, अमन कहता हैं परी लग नहीं रही यह परी हीं हैं, वह बोली तुम जो सोच रहे हो वह बिल्कुल सही सोच थे हो मैं पारियों की रानी हूँ, मैं बोली मतलब आप हमारी मन की बात भी सुन सकते हैं, वह बोली हाँ और तुमलोग यहाँ अपने मर्जी से नहीं आए हो मैं बुलाई हूँ कोई बस गाड़ी खराब नहीं हुई हैं यह एक भ्रम है और तुम दोनों जब तक वहाँ नहीं जाओगे वह बस भी ठीक नहीं होगी, मैं बोली फिर आप हमदोनों को यहाँ क्यों बुलाई हैं, वह बोली क्योंकि तुमदोनों मेरे सबसे प्रिये हो, सबसे प्रिये यह आप क्या बोल रहे हैं आप तो परीलोक की हैं और हमलोग एक आम इंसान, वह बोले तुम दोनों मानव रूप मे इस धरती पे सजा काट रहे हो अगले जन्म मे तुम दोनों वापिस परीलोक के सदस्य बन जाओगे, मैं बोली वापिस सदस्य का क्या मतलब, वह बोली मतलब की तुमलोग

परिलोग के सदस्य हो तुम्हारी एक गलती ने तुम्हें धरती पे धकेल दिया हैं, तभी अमन ने मुझे चिती काटा मैं बोली यह क्या कर रहे हो अमन, वह परी बोली तुम दोनों बिल्कुल भी नहीं बदले आज भी वही नटखटपन वही शरारत है और यह कोई स्वप्न नहीं यह हकीकत हैं तुम यही जानना चाहते हो न की यह स्वपन हैं या हकीकत, तो सुनो यह हकीकत हैं और मुझे तुम दोनों को देखने का मन हुआ तो बुला ली, इस जंगल मे इस सरोवर के पास कोई नहीं आ सकता, जो भी आता है उसे यहाँ के जानवर पंछी खा जाते हैं तुम यहाँ इसलिए सुरक्षित हो क्योंकि यहाँ मैं हूँ, और तुम दोनों इस धरती पे ज्यादा दिन नहीं रहोगे जैसे ही तुमदोनों की दंड अवधि पूरी होगी मैं तुम दोनों को बुला लूँगी, अमन बोला मुझे कुछ भी समझ नहीं आ रहा कि यह सब क्या हो रहा है, वह बोली तुम्हें अभी समझ भी नहीं आएगा क्योंकि तुम धरती पे आते ही अपना अस्तित्व भूल चुके हो, रुको मैं कुछ पल के लिए तुम्हें तुम्हारे असली रूप मे लाती हूँ, वह अपना हाथ आगे की एक लंबा सा छड़ी आया वह जादुई दंड था, वह दंड ऊपर उठाई और कुछ हुआ मैं और अमन पूरा बदल गए, इतना खूबसूरत बन गए की हमे यकिन ही नहीं हो रहा है कि यह क्या हैं, थोड़ी देर मे हमलोग वापिस इंसानी रूप मे आ गए, वह बोले अब तुम लोग जाओ और यहाँ जो भी हुआ वह किसी को मत बताना और धरती से जल्दी हीं चले आना, पूरा परिलोक तुमदोनों का इंतजार कर रहा हैं। फिर हमदोनों को नीचे उतारा गया, देखते हीं देखते सब कुछ पहले जैसा हो गया, फिर हमलोग वहाँ से निकल कर बस के पास चले आए, देखा तो अभी भी बस बन ही रहा हैं, मैं अमन से बोली अच्छा अमन जी जो हम देखे क्या वह सत्य था, मुझे तो कुछ भी समझ नहीं आ रहा, तभी हमलोग बस के पास पहुँच गए, ड्राइवर बोले आपलोग घुम लिए, मैं बोली हाँ, अच्छा ड्राइवर अंकल उधर एक सुंदर झील हैं न, वह बोले अरे उसकी बात भी मत करना वहाँ पे कोई नहीं जाता है और जो जाता हैं वह वापिस नहीं आता, वह दिखने मे इतना सुंदर हैं की कोई भी अनजान इंसान वहाँ चल ही जाता है और जो भी वहाँ गया वह कभी लौट कर नहीं आया, इसलिए वहाँ कोई नहीं जाता, हम दोनों सके बकके रह गए, फिर गाड़ी बन गई और हमलोग बैठ कर निकल गए, यहाँ जो ड्राइवर अंकल ने बोला वही बात तो वह परी भी

बोली थी तो क्या हमलोग सचमे परी लोक के हैं। गाड़ी आगे बढ़ने लगी मैंने संध्या जी को हिलाया संध्या जी आप अपने मार्ग से भटक गए हैं।

आप बता रहे थे की जिंदगी एक अनजान सफर और यहाँ आप तो परी लोक मे चले गए परियों की कहानी सुनाने लगे साथ मे मुझे भी अपने साथ परिलोक पहुँचा दिए, संध्या बोली अरे यार मैं भी न बहुत भटकती हूँ कहाँ से कहाँ चली जाती हूँ, ट्रेन मे जो लोग आस पास थे वे बोले आप क्या सुनाए और क्या सुनाना चाहते थे वह तो पता नहीं पर जो भी था बहुत अच्छा था, आप बता रहे थे हमलोग सुन रहे थे ऐसा लग रहा था जैसे यह सब हम अपनी आँखों से देख रहे हैं, हम सब आपकी कहानी मे ऐसे खो गए थे, संध्या पूछी आपलोग भी सुन रहे थे, वे बोले हाँ और मुझे लग रहा हैं सभी सुन रहे होंगे, संध्या बोली मैं ***जिंदगी एक अनजान सफर*** बता रही थी और देखिए कहाँ से कहाँ पहुँच गई, एक बोले आप लेखक हैं क्या, संध्या बोली नहीं मैं कोई लेखर नहीं हूँ बस ऐसे ही कभी कभी अपने विचारों को साझा कर लेती हूँ। मैंने कहा अच्छा फिर से बताइएगा जिंदगी एक अजनबी सफर, वह बोली हाँ रुकिए फिर से शुरू करती हूँ लेकिन इस बार उदाहरण नहीं दूँगी क्योंकि मैं भटक जाती हूँ, और थोड़ा सा भी भटकू तो तुरंत सही रास्ते पे लाइएगा, मैंने कहा अच्छा ठीक है।

जिंदगी एक अनजान सफर पुनः

जिंदगी एक अनजान सफर है जिसके हर अगले मोड पे हमे कुछ अलग देखने को मिलता है, अगर सीखने कि कोशिश करे तो भी यह जिंदगी हमे हर पल कुछ न कुछ सिखाती है, जिस प्रकार एक अजनवी रास्ता मे किसी को पता नहीं होता की आगे क्या होगा उसी प्रकार जीवन के किसी भी मोड के बारे मे हम कुछ भी कह नहीं सकते, जैसे देखिए आप तो मुझे यहाँ स्टेशन छोड़ने आए थे लेकिन अभी मेरे साथ सफर कर रहे हैं, मैं कभी यह कल्पना भी नहीं की थी की मैं आपसे मिलूँगी, आप महाभारत पढिए, रामायण पढिए, किसी कि भी जीवनी पढिए, सब मे अचानक मोड आता है क्योंकि जीवन एक अजनबी सफर है कब क्या होगा कोई नहीं जनता, हम हर सुबह यह सोच कर उठते हैं की आज यह यह कर लेंगे पर शाम को अफ़सोस रह जाती है की यह काम छूट गया।

मैं आपको ऊपर जो कहानी सुनाई वह टॉपिक से हट कर नहीं थी वह भी इसी मे सामील है, उसमे वे दोनों समंदर जा रहे थे फिर एक झील की खूबसूरती उन्हे खिच लेती है फिर उन्हे परियों की दर्शन, कुछ इस प्रकार की घटना, क्या उन दोनों ने इस चीज की कल्पना की थी, पता है एक लेखक भी जब अपनी कलम उठाता है तो भी सबकुछ उसके अनुसार नहीं होता, अगर सोचता भी है कि कहानी मे ऐसे ऐसे करूंगा तो भी वह नहीं कर पता क्योंकि कहानी भी अपना रास्ता बदलते रहती है, तो अब आप इस चीज से कल्पना कीजिए की एक लेखक जिसकी अपनी डायरी अपनी कलम अपना मन अपना वक्त फिर भी वह सब कुछ अपने हिसाब से नहीं लिख सकता, बल्कि बहती नदी मे धारा की भाति वह भी कहानी के साथ बह जाता है। यह सच है जब वह कलम उठाता है तब उसे सिर्फ इतना पता होता हैं की मुझे शुरुआत यहाँ से करना है उसके आगे सब कुछ उसके अनुसार नहीं होता। इसलिए मैं मानती हूँ की जिंदगी एक अनजान सफर है जिसके बारे मे क्या होगा क्या नहीं होगा कोई नहीं जनता और जो होना होगा वह हो कर रहेगा। अब और क्या बताऊँ इतना काफी हैं। मैंने कहा हाँ आप बिल्कुल सही बोले बहुत गहराई तक जा कर सोचते हैं, संध्या बोली नहीं ऐसा नहीं है, बस विचार आते हैं तो बोल देती हूँ। ऐसे ही बात करते करते आधी रात तो निकाल गए पर अब नींद भी लगने लगी थी।

संध्या बोली अमन जी मुझे नींद आ रही है कैसे करूँ, मैंने कहा ऐसा कीजिए आप मेरे कंधे पे सर रख कर सो जाईए, वह बोले और आप, मैंने कहा मुझे अभी नींद नहीं लग रही और जब लगेगी तो मैं बैठे बैठे हीं सो लूँगा, वह बोले यह ठीक नहीं, मैंने कहा कोई दिकत नहीं मुझे ऐसे सोने की आदत है, फिर वह मेरे कंधे पे सर रख कर सो गए, थोड़ी ही देर मे मुझे भी नींद आ गई, जब नींद खुली तो देखा अब पहुँचने वाले हैं मैंने सांध्य को उठाया, और बोला संध्या जी जल्दी उठिए हम पहुँचने वाले है जल्दी से सब समान पैक कीजिए, वह जल्दी जल्दी मे उठे और सब सम्मान पैक किए, मैंने कहा अब 10 मीनूट मे पहुँच जाएंगे, वह बोले मैं भी पापा को कॉल करती हूँ तब तक पापा भी आ जाएंगे, लेकिन अब आप कहाँ जाएंगे, मैंने कहा आप मेरी चिंता मत कीजिए, वह बोले क्यों, मैंने कहा

आपको आपके पापा के साथ छोड़ कर मैं चला जाऊंगा अभी कुछ हीं देर मे एक ट्रेन हैं फिर उसका मेल 12 बजे हैं और मैं शाम 4 बजे तक दिल्ली पहुँच जाऊंगा, वह बोले अरे बाप रे फिर तो आपका सफर बहुत हीं लंबा हो जाएगा, ऐसा कोजिए आज आप मेरे घर रुक जाईए और कल अगर जल्दी होगी तो शाम को ट्रेन पकड़ लीजिएगा, मैंने कहा अच्छा अगर आपके पापा बोले कौन हैं तो, वह बोले वह सब आप मुझपे छोड़ दीजिए, मैंने कहा पर आप कहेंगे क्या, वह बोली जो हैं वही बोल दूँगी, मैंने कहा मैं रुक जाता पर हम लोग एक मिशन पे हैं और अजय अभी उसे अकेला देख रहा है, अगर कल पहुँच गए तो बहुत अच्छा हैं कल से हमलोग अपने काम को अंजाम देने निकाल पड़ेंगे और कोचिंग शुरू होते होते हमलोग अपने काम को अंजाम भी दे देगे, वह बोले वही फ्रॉड वाला, मैंने कहा हाँ, वह बोले लेकिन आप बहुत थक जाएंगे और वैसे भी आप बहुत जल्दी थक जाते हैं आप थोड़ा सा रेस्ट कर लेते तो अच्छा होता, मैंने कहा कोई बात नहीं मैं मैनेज कर लूँगा, चलिए हमलोग पहुँच गए, ट्रेन रुक गई और हमलोग उतर गए, वह बोले तो आप सचमे चले जाएंगे, मैंने कहा हाँ बस आपके पापा आएंगे और आपको उन्हे सौप कर मैं चला जाऊंगा, वह बोले फिर तो तब भी पापा पूछेंगे फिर भी बताना तो होगा, मैंने कहा अगर आप चाहे तो बता सकते हैं लेकिन अगर नहीं तो मैं यही पे बैठा रहूँगा आप भी यही रहिएगा आपके पापा आएंगे आप उठ जाइएगा मैं बैठा रहूँगा, आप चले जाइएगा बात खत्म, वह बोले जैसी आपकी मर्जी, हम लोग वही प्लेटफ़ॉर्म के बैंच पर बैठ गए। संध्या जी अपने पापा को कॉल किए थोड़ी देर मे उनके पिता जी आए और वह साथ मे चले गए। मैं वहीं बैठ उनको जाते हुए देख रहा था, वह जैसे जैसे दूर जाते गए न जाने क्यों मेरे आँखों मे आँसू आने लगे। थोड़ी देर मे एक ट्रेन आई और मैं वहाँ से निकाल गया और शाम को नई दिल्ली पहुँच गया।

21

मिशन अनलाइन फ्रॉड को पकड़ना

मिशन अनलाइन फ्रॉड को पकड़ना

शाम होते ही सबसे पहले मैंने अजय को कॉल किया, हैलो अजय क्या हो रहा हैं कुछ पता चला, वह बोला हाँ भी और नहीं भी, मैंने पूछा क्या मतलब, वह बोला जो लोकैशन ट्रेश हो रहा हैं वहाँ पर मैं गया था, लेकिन उस जगह पे वैसा कुछ भी मालूम नहीं हुआ, मैंने पूछा मतलब तुम नंबर ट्रेश कर के वहाँ पहुँच भी गए, वह बोला हाँ हम चारों गए थे, मैंने पूछा अच्छा तो तुमलोग वहाँ क्या देखे, वह बोला कुछ भी नहीं यार पर जीस लोकैशन पर हम गए थे उस वक्त भी वह लोकैशन वही था पर हमे कुछ भी नहीं मिला सिर्फ एक लाइब्रेरी और उसमे पढ़ते विधार्थी, और नहीं लगा की वहाँ पर कुछ होगा भी, मैंने पूछा यानि वह गतल नंबर दे दी, अजय बोला नहीं वह गलत नंबर नहीं दी, मैंने उस नंबर से बात भी किया हैं और हर दिन वह मुझसे बात करती हैं, मैंने कहा हर दिन बात कर रही हैं का क्या मतलब, वह बोला पता नहीं यार मुझे कुछ भी समझ नहीं आ रहा, मैंने पूछा ऐसा क्या हो गया, अजय पूछा अच्छा वह तुम्हारा फ्रेंड रीक्वेस्ट एक्सेप्ट की हैं, मैंने कहा नहीं, अजय बोल यार बड़ी गजब बात हैं वह एक बार भी पैसा की बात नहीं कर रही, नहीं कोई वैसा लिंक भेज रही हैं, मैंने पूछा वह वही हैं न या कोई और, अजय बोला यही तो पता

नहीं चल रहा हैं, लेकिन उस वक्त तो हमलोग सबकुछ देखे थे सब कुछ वैसे ही दिखा रहा था, मैंने कहा कही ऐसा तो नहीं की उसने किसी और का फेस्बूक हैक किया हो सिर्फ पैसा के लिए और अब वह उस आइडी को छोड़ दी हो, उसने कहा नहीं वह उसका ही आइडी है फिर भी एक चीज समझ नहीं आ रहा कहीं कुछ तो गड़बड़ है, मैंने कहा एक चीज और हो सकती है कहीं उसे तुमसे प्यार तो नहीं हो गया हैं, अजय बोला मुझे भी कुछ वैसा हीं लग हैं, मैंने पूछा मतलब, अजय बोला जिस सतह से वह मुझसे बात करती हैं मुझे तो लगता हैं यह प्यार का हीं मामला है, मैंने पूछा अच्छा उसकी उम्र क्या है, उसने कहा 18 साल, मैंने कहा ओ, अच्छा उसका घर कहाँ है और उसके माता-पिता क्या करते हैं, अजय बोला उसका कोई नहीं है घर भी नहीं हैं वह अनाथ हैं, मैंने कहा फिर भी वह कही तो रहती होगी न, अजय बोला हाँ वह दिल्ली मे ही रेंट पे रूम ले कर रहती हूँ, मैंने कहा अगर वह रूम लेकर रहती हैं यानि वह कुछ काम करती होगी, वह बोला हाँ पर मैंने तो यह पूछा हीं नहीं की वह करती क्या है, मैंने कहा अच्छा कोई बात नहीं ऐसा कर चल एक बार मैं भी तेरे साथ चलता हूँ और तुम उसी जगह से उसे फोन करना और कहना की मैं तुमसे मिलना चाहत हूँ, दखते हैं वह क्या कहती हैं, अजय बोला ठीक हैं तो कल चलते हैं। अगली सुबह हम पाँचों मित्र वहाँ के लिए निकल पड़े 1घंटे का रस्ता हैं, लो हम सभी पहुँच गए, देखा तो सबकुछ सामान्य नजर आया, हमलोग लाइब्रेरी मे प्रवेश किए बच्चे पढ़ रहे थे फिर हमलोग निकल गए, मैंने कहा अजय उस लड़की को फोन कर, सोनू बोला अजय पता हैं न किसे, अजय बोला अरे हाँ उसी फ्रॉड को जिसने प्रकाश के तीस हजार खा कर हजम कर लिया, सोनू बोला वह सिर्फ फ्रॉड हीं नहीं अजय की फ्रेंड भी हैअप्कमींग गर्लफ्रेंड, हम सभी हँसने लगे अजय कहता हैं अरे कभी तो सिरियस रहा करो यार, सोनू पूछा क्यों हँसते हुए काम नहीं हो सकता क्या, अगर नहीं होगा तो कहो हम मुह फुला कर बंदर बन जाते हैं, फोन लग गया, अजय बोला हैलो, मैंने इशारा किया की स्पीकर ऑन करो, अजय स्पीकर ऑन किया, वह बोली हाँ अजय जी कहिए आज कैसे याद किए, अजय बोला अरे याद का क्या है वह तो हम करते ही रहते हैं बस फोन नहीं करते कहिए कैसे हैं, वह बोली मैं तो बिल्कुल ठीक हूँ

आप बताइए आप कैसे हैं, अजय बोला आज रविवार था तो कहीं घूमने का मन हो रहा था कोई साथ मे नहीं है और आप भी यहीं की हैं तो सोच रहे थे की अगर आप मिलते तो मिल भी लेते और घुम भी लेते वैसे भी आपको कभी देखा नहीं, वह बोली अभी मैं ऑफिस मे हूँ तो अभी तो नहीं आ पाऊँगी, लेकिन 1 घंटे के बाद कहिए तो आ सकती हूँ, अजय पूछा आज कौन सा ऑफिस है आज तो रविवार हैं, वह बोली हमलोग को आज हीं सबसे ज्यादा काम रहता है, अजय पूछा अच्छा वैसे आप काम क्या करते हैं, वह बोली कुछ नहीं बस ऐसे जिससे खाने का और रूम का पैसा निकल जाए, अजय पूछा अच्छा विडिओ कॉल करे क्या आपका ऑफिस देखने का मन हो रहा है, वह बोली नहीं यहाँ पे विडिओ कॉल नहीं कर सकते हैं, आप रुकिए न मैं आती हूँ अच्छा बोलिए मैं कहाँ आऊं, वह बोला आप हीं बोलिए कहाँ आए ऐसे भी घूमने का मन है, वह बोली आप आइए उस पार्क मे, अजय बोला अच्छा ठीक हैं आप जब निकलिएगा तब फोन कर लीजिएगा, वह बोली ठीक है और फोन रख दी, मैंने कहा यार अजय वह इतना जल्दी कैसे मान गई, अजय बोला वही तो मैं सोच रहा हूँ और वह भी पार्क के नाम पर, सोनू बोला चल भाई तू तो सेट हैं, मैंने कहा ऐसा करते हैं हमलोग एक घंटे यहीं रुकते हैं, और वापिस उसके कॉल का इंतजार करते हैं, चलो उस चाय के दुकान पे रुकते हैं, प्रकाश पूछा अच्छा अजय तुम्हारे पास उस लड़की का फोटो है क्या, अजय बोला हाँ मेरे पास उसका तस्वीर हैं बोल क्या करना हैं, प्रकाश बोला हम लाइब्रेरी चलते हैं और एक बार देखते हैं कही वह यही पे पढ़ती तो नहीं, मैंने कहा हाँ यह भी सही हैं, अजय बोला हाँ यह सही हैं पर सबको देखेंगे कैसे और जो लाइब्रेरी चलाता हैं वह पूछ देगा की क्या हैं तो क्या कहेंगे, मैंने कहा कहना कुछ नहीं हैं ऐसा करते हैं की लाइब्रेरी मे तीन लोग जाएगे, अगर घुसे तो पूरा पूरा देख सकते हैं, यहाँ से हमलोग लाइब्रेरी ऑफिस चलते हैं फिर उससे फी. कुछ समय के बारे मे कि कितने घंटे खुले रहते हैं और उसी दौरान हम लोग लाइब्रेरी देखने की अनुमति लेंगे वह देखने को बोलेंगे फिर क्या। हमलोगों ने प्लान बना लिया उसी तरह हमलोग लाइब्रेरी गए बात किए फिर सीट देखने के बहाने हमलोग लाइब्रेरी मे गए हर तरफ एक एक को देखा पर कही भी वह लड़की नहीं थी, हमलोग

लाइब्रेरी से निकल गए, अजय बोला वह यहाँ नहीं है पर सबसे ज्यादा वह यहीं पे रहती हैं, मैंने कहा अजय तुम्हें क्या लगता हैं ऐसे लोग अपनी लोकैशन इतनी आसानी से साझा करेंगे, क्या वह ऐसा नंबर देंगे जिसे आसानी से ट्रेश किया जा सके, सोनू बोला कोई दे या न दे पर एक प्रेमी या प्रेमिका जरूर दे सकती है, प्यार ऐसी चीज है की उसमे लोग आँख बंद कर के भरोसा करते हैं, और उसी का फायदा बाकी लोग उठाते हैं, अजय बोला लेकिन वह मुझसे प्यार क्यों करेगी, मैंने कहा यही तो बात है की प्यार कब कहाँ और किस्से हो जाती है कोई पता नहीं, अशोक बोला हाँ जैसे अमन को संध्या से हुआ वह इसे घास बराबर भी नहीं मानती और यह हैं की उसके पीछे उसे उसके घर तक छोड़ने चला जाता हैं और बदले मे क्या मिला कुछ भी नहीं, मैंने कहा प्यार की बहुत लंबी परिभाषा है अशोक, प्यार और पुस्तक कुछ लेते नहीं सिर्फ देते हैं।

यह प्रेम है

प्यार कोई चीज नहीं जिसे पाने की लालसा रखे, प्यार कोई इंसान नहीं जिससे उमीद रखे, प्यार कोई बच्चों के खेलने जैसा खिलौना नहीं की वह मुझे चाहिए जिद्द करे, प्यार एक खूबसूरत सा ऐसास है जिसमे कभी खुशी तो कभी गम मिलता हैं, प्यार एक ऐसा शब्द हैं जिसके बारे मे कोई भी पूरा नहीं लिख सकता, यह वही प्यार हैं जहाँ श्री राम को उसकी माता केकई ने बनवास दे दिया फिर भी उस श्री राम के मन मे उस माता के प्रति तनिक भी नफरत नहीं पनपने दिया, यह प्रेम हीं है जो हर गलती को माफ कर सकता है। **"प्यार उससे मत पुछो जिसका दिल हर किसी पे आया है, प्यार उससे पूछो जिसने किसी से निस्वार्थ प्रेम किया है"**। सोनू बोला और ऐसा हीं प्रेम हो गया है अमन को संध्या से, मैंने कहा छोड़ यह सब बात चल हम इंतजार करते हैं, अशोक पूछा लेकिन हम यहीं पे क्यों इंतजार करे वह तो यहाँ पे है नहीं तो यहाँ रुकने का क्या फायदा, मैंने कहा कुछ चीज ऐसे भी होते हैं जो दिखते नहीं, वह बोला इसका क्या मतलब, मैंने कहा मुझे संदेह है कही इस लाइब्रेरी के अंदर कुछ तो है, अजय बोला यह तुम क्या कह रहे हो, मैंने कहा याद करो जब लाइब्रेरी मे मेरा फोन गिरा था, वह बोला उसमे क्या है तेरे हाँथ से छूटा और गिर गया, मैंने कहा वह गिरा नहीं था मैंने जान बुझ कर गिराया

था, वह बोला उससे क्या हुआ, मैंने कहा आवाज पे गौर करो वहाँ से ऐसा आवाज आया की मानो नीचे खाली है, अजय बोल मतलब अंदरग्राउंड, मैंने कहा हाँ बिल्कुल सही और अभी तक यह मेरा अनुमान है जैसे ही वह लाइब्रेरी से बाहर निकलेगी मेरा संदेह सच मे बदल जाएगा, अजय बोला तो ठीक है देख हीं लेते हैं। एक घंटे गुजर गए लेकिन न कोई लाइब्रेरी से निकला नहीं उसका फोन आया, थोड़ी देर और इंतजार करते हैं, बहुत सारे लोग लाइब्रेरी से निकले लेकिन उनमे से कोई भी सवेता नहीं थी, फिर अजय ने उसे कॉल किया वह बोली अभी मैं नहीं निकली हूँ ऑफिस मे हीं हूँ, मैं जब निकल जाऊँगी तब आपको कॉल कर लूँगी, अजय बोल अभी और कितना देर, वह बोली एक छोटा सा काम बचा है तो बस उसे पूरा कर लेने दीजिए फिर आते हैं, अजय बोल अच्छा ठीक हैं और फोन रख दिया, प्रकाश बोला यार मुझे यह कोई और लग रही हैं उनलोगों का काम तो खतरों वाला हैं पकड़े जाने का डर रहता है वह तो कॉल उठाएंगे हीं नहीं, अजय बोला किसी और का कॉल नहीं उठाएगे पर अपनों का तो जरूर उठाएंगे, प्रकाश बोला अपनों का मतलब वह अपनों को बताएंगे की हम यह कार्य करते हैं, अजय बोला नहीं वह कुछ भी नहीं बताएंगे और साथ मे कॉल भी उठेंगे ताकि किसी को कोई शक ना हो, और जहाँ तक मुझे लगता हैं वह मुझे पर्सोनल नंबर दी हैं और वह मेरे साथ कोई धोखा नहीं करना चाहती, मैंने कहा आराम से अजय अगर शार्प बदन पे आराम से चल रहा हैं इसका मतलब यह नहीं की वह डसेगा नहीं मौका मिलते हीं निगल सकता है सावधान रहना, तभी देखा की लाइब्रेरी से सवेता बाहर आ रही है सोनू बोला अजय वह देख तेरी प्रेमिका, फोटो मे यही हैं न, मैंने कहा देखना पहचान न ले इधर हीं आ रही हैं, अजय तुम अपना फोन को साइलन्ट कर लो नहीं तो अगर वह यहाँ से कॉल की और तेरा फोन बजा तो गड़बड़ हो जाएगी, वह इधर ही आ रही हैं हमलोग दूसरे रफ देखते हुए आगे बढ़ गए, थोड़ा आगे निकल कर गाड़ी चालू किए और चल दिए, सवेता का फोन आया हैलो मैं निकल गई हूँ आप भी निकलिए, अजय बोला ठीक हैं इतना कह कर फोन रख दिया, अब हमलोग समझ गए की यह अंदर ग्राउंड का मामला हैं फिर हमलोग ने सोचा ऐसा करते हैं की किसी का सहारा लेते हैं, और इन फ्रॉड का कीला ढहवाते हैं, यह जल्दी

करना होगा नहीं तो अगर थोड़ी भी भनक लगी तो गड़बड़ हो जाएगी, सोनू बोला अभी मेरे पापा का यही पे पोस्टिंग हैं मैं उन्हे सब कुछ बताऊँ क्या, हमलोग थोड़ा सोचे गाड़ी रोक कर सोनू के पापा जो IPS हैं उन्हे कॉल किया और सारी बात बताया, वह बोले रुको हम अभी वहाँ पहुंचे हैं, और फोन रख दिया, तभी अजय के पास सवेता का कॉल आया वह बोली आप कहाँ हैं आ रहे हैं, अजय बोला आप घर से निकल गए क्या वह बोली हाँ क्यों आप नहीं निकले, अजय बोला नहीं यार अचानक पेट मे असहनीय दर्द होने लगा, वह घबरा गई बोली क्या पर कैसे, अजय बोल पता नहीं यार लेकिन मैं नहीं आ पाऊँगा, वह बोली साथ मे कोई हैं, अजय बोला नहीं मैं रूम मे अकेला हूँ, वह बोली आप अपना लोकैशन भेजिए मैं अभी दवा ले कर आती हूँ, अजय बोला अरे आप इतना कष्ट मत कीजिए सब ठीक हो जाएगा, वह बोली कैसे ठीक हो जाएगा मैं बोल रही हूँ न आप अपना लोकैशन भेजिए, अजय बोला अच्छा आप मेरी इतना फिकर क्यों कर रहे हैं हम तो सिर्फ फेस्बूक फ्रेंड हैं न, वह बोली मैं अपने किसी भी फ्रेंड को नंबर नहीं देती बस आपको दी हूँ, मुझे आप बहुत अच्छे लगे, अजय बोला कहीं आपको मुझसे प्यार तो नहीं हो गया हैं न, वह बोली क्या हुआ क्या नहीं हुआ वह बाद मे बताएंगे पहले आप लोकैशन भेजिए मैं आती हूँ, अजय बोला मैंने अपने दोस्त को फोन किया है वह आता हीं होगा, वह बोली तो क्या हुआ मैं आपके दोस्त के सामने नहीं आ सकती, अजय बोला यह दुनिया गलत नजर से देखेगी इसलिए आप अभी मत आइए वह बोली मैं दुनिय की परवह नहीं करती मुझे बस आपके पास आना हैं, अजय बोला सुनिए न मेरी खातिर मत आइए, वह बोली जब आप इतना मना कर रहे हैं तो रुकती हूँ नहीं तो मुझे कोई भी नहीं रोक सकता, अजय बोला अच्छा आप कभी मेरे बारे मे जानने की कोशिश नहीं किए की मैं कौन हूँ क्या हूँ, वह बोली नहीं पर आप अच्छे इंसान हैं मेरा दिल कहता है, अजय कहा अच्छा ठीक हैं दोस्त आ गया दवा लेकर ठीक हैं रखीए, फिर अजय ने फोन रखा और सोनू के पापा साथ मे मेडिया और बहुत सारे डिपार्टमेट वाले पहुँच गए, वह गाड़ी रोके और बोले चलो, हम सभी साथ मे चल पड़े लाइब्रेरी मे पहुँच गए, पूरा लाइब्रेरी को खाली करवाया गया, ऑफिस वाले को पकड़ा गया और उससे पूछने लगे पर वह कुछ

भी नहीं बताया मैंने कहा अंकल यहाँ से रास्ता होगा क्योंकि यहाँ कुछ गिराइए तो खाली खाली सा लगता हैं, वह बोले खाली खाली तो लग रहा हैं पर कुछ भी समझ नहीं आ रहा की आखिर रास्ता किधर से हैं, तभी आग बुझाने वाला वह लाल वाला डबा नीचे गिरने लगा यह क्या उसके नीचे आते हीं एक गुप्त दरवाजा खुला, उसमे पुलिस धीरे धीरे प्रवेश कर रही हैं नीचे उतरी तो नीचे खाली रूम दीखा, फिर जांच करते हुए देखा तो यह सामने दीवार नहीं गुप्त द्वार हैं, उसे खोलने की बहुत कोशिश हुई पर नहीं खुली फिर उसे तोड़ा गया, फिर जब देखा तो बहुत बड़ा कमरा हैं, उसमे कुछ आदमी काम कर रहे हैं बहुत पैसा हैं बहुत सारे कंप्युटर, जैसे हीं सबने देखा पुलिस, तुरंत कुछ लोगों ने हथियार निकाल लिए बंदुके चलने लगी, इधर से भी पुलिस बंदूक चलाने लगी, फिर सबको पकड़ा गया सभी को लेकर बाहर निकले, सब बाहर निकल गए अजय बोला अमन कहाँ रह गया।

22

अमन को लगी गोली

अमन को लगी गोली

सब बाहर निकल गए अजय बोला अमन कहाँ रह गया। मुझे यानी अमन को गोली लग गई थी मैं वहीं पे बेहोश पड़ा हुआ था, सोनू उसके पापा बाकी सभी मेरे दोस्त नीचे आए, मैं ऐसे हीं जमीन मे पड़ा हुआ था, मैं बेहोश हो गया था, मुझे उठाकर बाहर लाए और लाइब्रेरी को शील किया गया उसके बाद मुझे अस्पताल ले जाया गया अब शाम हो गई थी, मेरे सभी दोस्त वही अस्पताल मे थे, मेरे शरीर से गोली निकली गई, सोनू के पापा आए और पूछे अमन अब कैसा महसूस हो रहा है, मैंने कहा ठीक हैं अंकल जी, अच्छा उन अपराधियों का क्या हुआ, अंकल ने बताया अब वे सब हमारे गिरफ्त मे हैं उसके लिए तुम चिंता मत करो अब उनका कितना गैंग हैं कितने लोग कहाँ छुपे हुए हैं सबको पकड़ेंगे और तुमलोगों ने जो बहादुरी का काम किया हैं उसके लिए तुम सभी बधाई के पात्र हो, एक आरोपी को पड़ने से भी बड़ा काम हैं उसे ढूँढना और तुमलोगों ने उसे ढूंढ कर हमे बताया, पता हैं उनके अकाउंट डीटेल निकाल गया हैं हर दिन वे लोग तीस से चालीस लोगों का अकाउंट खाली करते हैं, कितनों का फेस्बूक हैक बहुत सारा अपराधिक काम करते हीं, हम उन सभी लोगों के जिनका फिलहाल मे पैसा इनलोगों ने लूटा हैं उसे वापिस करेंगे, और हम तुमलोगों को तुम्हारे साहस के लिए सम्मान भी दिलाएंगे, मुझे आज बड़ी प्रश्नता हो रही है की तुम सभी जागते हुए युवा हो अगर तुम्हारे जैसे

युवा हर जगह हो तो कहीं भी फ्रॉड हो उसे तुरंत पकड़ा जा सकेगा और इससे अपराधिक मामले कम हो जाएंगे, "आज कल तो लोग आवाज हीं नहीं उठाते जो भी होता हैं उसे बस देखते रहते हैं और चुपचाप यह कह कर निकल जाते हैं की इससे हमे क्या और यही वह शब्द है जो अपराध को बढ़ावा देता हैं", जहाँ भी अपराध होता है तुरंत आवाज उठाइए पुलिस आपकी सेवा मे हर वक्त हाजिर हैं, आपकी आवाज को पुलिस नहीं सुनती तो पुलिस की भी सिकायत कीजिए, क्योंकि "सिर्फ वही इंसान अपराधी नहीं हैं जिसने अपराध किया हैं बल्कि हर वह इंसान अपराधी है जो अपराध को देख कर चुप रह गया"। बहुत सारी बातें हुई, मैंने पूछा अच्छा मुझे यहाँ से कब छोड़ा जाएगा, सोनू ने पापा बोले बेटा तुम्हारा एक जांच करने के लिए डॉक्टर ने बोला हैं क्योंकि जैसे तुम बेहोश हुए वैसे कोई भी नॉर्मल इंसान बेहोश नहीं होता, मैंने कहा मतलब, वह बोले मतलब तो जांच होने के बाद ही पता चलेगा, मैंने कहा पर मैं तो बिल्कुल ठीक हूँ, वह बोले तुम्हारे कहने से नहीं होगा बेटा, डॉक्टर बोले अब इन्हे जांच के लिए अंदर जांच रूम मे ले जाना होगा तबतक आपलोग इंतजार कीजिए, मैंने कहा अंकल मेरे घर मे किसी को पता हैं की मैं यहा पे हूँ, सोनू के पापा बोले हाँ तुम्हारे पापा से बात हो गई हैं तुम चिंता मत करो हम सभी यहाँ पे हैं तभी मेरे घर से फोन आ गया फोन सोनू के पास हैं सोनू बोला लो तुम्हारी माँ का फोन आ गया बात कर लो, मैंने फोन लिया माँ पूछी क्या हुआ बेटा कैसा हैं तू, मैंने कहा माँ मैं बिल्कुल ठीक हूँ, बस थोड़ा सा दिक्कत हो गया था, माँ बोली अपना ध्यान रखा कर बेटा अब तू बच्चा नहीं न की मैं तेरे साथ रहू अब तू बड़ा हो गया है अच्छा बुरा सब तुम्हें खुद ही देखना होगा, माँ मुझे जांच के लिए अंदर ले जा रहे हैं मैं आ के बात करता हूँ, माँ बोली अच्छा सोनू को फोन दे, माँ सोनू से बात की मुझे अंदर ले जय गया।

थोड़ी देर मे मुझे बाहर निकाला गया, डॉक्टर बोले थोड़ी देर मे रिपोर्ट आ जाएगी, सोनू बोला अमन संध्या फोन की थी, मैंने पूछा क्या कह रही थी तुमने कुछ बताया तो नहीं, सोनू बोला वह टीवी मे सब देख चुकी हैं, अमन बोला टीवी मे मतलब यहाँ पे मेडिया आई थी, सोनू बोला हाँ जब तुम बेहोश थे तब यहाँ पे मेडिया आई थी, संध्या बोली जब अमन बाहर

आए तो उसे फोन देना लो बात कर लो, मैंने संध्या को कॉल किया वह बोली हैलो , मैंने कहा हाँ संध्या जी कहिए, वह बोली अब तवीयत कैसी है, मैंने कहा बिल्कुल ठीक, वह बोली पता हैं जब मैं आपको टीवी मे देखी तो पूरा घबरा गई थी, क्या हो गया आपको क्योंकि आपकी आँखे भी बंद थी, मैं फोन लगाई तो उस वक्त आप होश मे नहीं थे, सोनू से बात हुआ, सीतल भी वहाँ पहुँचने वाली होगी मैंने उसे कहाँ था की जा कर अमन को देखो, मैंने कहा पर शाम को क्यों भेजे अभी तो रात भी होने वाली है, वह बोले तो क्या हुआ एक दिन वह आपलोगों के साथ रह लेगी, मैंने कहाँ लेकिन उनका पढ़ाई भी रहता हैं न, तभी सीतल का कॉल आया, मैंने कहा सीतल जी फोन कर रहे हैं रुकिए उठा रहे है शायद आ गए हैं मैंने फोन उठाया, वह बोले मैं गेट पे हूँ आप कहाँ हैं, मैंने कहाँ अजय और सोनू जा रहे हैं आप वहीं रुकिए, अजय और सोनू उन्हे लाने गए, सीतल भी आ गए, मैंने संध्या से कहा लीजिए सीतल जी से बात कर लीजिए, सीतल संध्या से बात की और फोन रख दी, डॉक्टर रिपोर्ट लेकर आ गए सोनू के पापा बोले क्या हुआ डॉक्टर, डॉक्टर ने जो कहाँ उसे सुन कर सभी के होश उड़ गए। आखिर डॉक्टर ने ऐसा क्या कह दिया अमन के बारे मे जो सभी के पाँव तले से जमीन खिसक गई।

अमन के दिल मे छेद

चलिए जानते हैं की डॉक्टर ने क्या कहा, डॉक्टर ने कहा की अमन के दिल मे छेद है और वह अब आखरी स्टेज मे पहुँच गया हैं, सोनू के पापा बोले ऐसा कैसे हो गया डॉक्टर, डॉक्टर बोले इसके बारे मे कुछ कहा नहीं जा सकता हैं यह बचपन से हैं लेकिन अब बहुत ज्यादा हो गया हैं, और इस स्थिति मे ऑपरेशन पर भी भरोसा नहीं कर सकते, ऑपरेशन के दौरान मौत भी हो सकती है, सोनू के पापा बोले तो क्या अब इसका कोई इलाज नहीं, डॉक्टर बोले अब कुछ भी ठीक से कहाँ नहीं जा सकता, सोनू के पापा बोले फिर भी कुछ तो होगा, डॉक्टर बोले ऐसे भी अब यह आखरी स्टेज पे हैं, अब ज्यादा वक्त भी नहीं है इसके पास, अगर इसे वक्त पे लाया जाता तो सब कुछ अच्छे से हो जाता पर अब बहुत देर हो चुकी हैं फिर भी हम ऐसा कर सकते हैं की कुछ दिन का इसे दवा दे देते अगर उससे कुछ कंट्रोल रहा और थोड़ा सुधार हुआ तो फिर हम उसका

ऑपरेसन अच्छा से कर पाएंगे लेकिन ज्यादा वक्त नहीं है। यह बात सुन कर सभी के आँख नाम हो गए। सोनू के पापा सारी बातें मेरे घर मे पापा को बताए, मैंने अपने दोस्त सहित सीतल को भी बोला कि यह बात किसी भी हाल मे संध्या को पता नहीं होना चाहिए, और अजय तुम लोग सीतल को इनके रूम तक छोड़ कर हीं अपने अपने रूम जाना, सभी चले गए। मुझे भी अस्पताल से दवा ले कर सोनू के पापा अपने पास जहँ पे सोनू का पूरा परिवार रहता हैं वहीं पे ले गए, अगले दिन मेरे पापा और भईया आए और मुझे लेकर घर चले गए।

अब आगे क्या होता है चलिए देखते हैं, कुछ दिन हो गए हर दिन संध्या कॉल करती मेरा हाल पूछती रहती थी, लेकिन मैंने उसे उस बीमारी के बारे मे नहीं बताया, अब पहले जैसा कुछ भी नहीं रह गया था अमन संध्या का कॉल इग्नोर करने लगा था ठीक से बाती नहीं करता वह जितना पूछती उतना का जवाब दे कर फोन रख देता था दोनों के बीच मन मुटाव होने लगा था और अमन भी यही चाहते हैं की वह मुझसे नफरत करे, लेकिन फिर भी संध्या को यह लगा की तबीयत खराब के चलते यह बात नहीं कर पा रहे और वह कॉल करती रही प्रतिदिन खबर लेती रही। चार दिन बीत चुके थे वह कॉल की और बोली पता है अमन जी मेरी माँ मुझे घर क्यों बुलाई थी मेरी शादी का बात करने के लिए तो मैं कह दी कि मैं किसी से प्यार करती हूँ, मैंने कहा अरे वाह आप तो बहुत बहादुर लड़की निकले, वह बोले और नहीं तो क्या मैंने तो सबको आपका तस्वीर भी दिखा दिया, वह इंडिया गेट वाला भी, मैंने पूछा पर मेरा तस्वीर क्यों, वह बोली आपसे प्रेम करती हूँ तो तस्वीर भी तो आपकी हीं न दिखाऊँगी और खुशी की बात यह हैं की घर वाले मान भी गए मैं आपके और आपके घर वाले के बारे मे बताई, मैंने कहा पर आप कभी भी बताए नहीं की आप मुझसे प्रेम करती हैं, वह बोले हर चीज बताना जरूरी हैं क्या, आप भी तो मुझसे प्रेम करते हैं लेकिन कभी बताए क्या, मैंने कहा मैं कब आपसे प्रेम किया मैंने तो कभी किसी से प्रेम किया हीं नहीं, संध्या बोली आप मजाक कर रहे हैं न, मैंने कहा नहीं मैं मजाक नहीं कर रहा यह हकीकत है, वह बोली आप अमन ही हैं न, मैंने कहा हाँ क्यों, वह बोली क्योंकि मैं देख रही हूँ आपके शब्द बदले बदले से है

आप अमन नहीं हो क्योंकि अमन किसी भी स्थिति मे मुझसे उखड़ कर तेज आज मे ऐसे बात नहीं करते, रुकिए मैं अमन को कॉल करती हूँ, वह कॉल कट कर दी, मैं अभी उस पड़ाव पे हूँ जहाँ मेरे आँख इन आँसुओ के बोझ संभाल नहीं पा रहे, वापिस कॉल आया, मैंने उठाया वह बोली हैलो अमन जी, मैंने कहा हाँ मैं ही हूँ आप ऐसा क्यों कर रहे हैं, वह पूछी आप किसी और से प्यार करते हैं क्या, मैंने कहा नहीं मैं किसी से प्यार नहीं करता, वह पूछी उस कोमल से, मैंने कहा नहीं, वह बोले मुझसे भी नहीं, मैंने कहा किसी से नहीं मतलब किसी से नहीं, वह बोले मैं जानती हूँ आप भी मुझसे प्रेम करते हैं मुझसे कही अधिक पर आप मुझे परेशान करने के लिए ऐसा कह रहे हैं देखिए आप अपना जवाब बदल लीजिए नहीं तो मैं रो दूँगी, मैंने कहा आप मेरी बातों पे विश्वश क्यों नहीं करते, वह बोली क्योंकि मैंने अपने प्रति आपके आँखों मे आपके हर जज़्बात मे प्रेम देखा हैं आप अपने ही धड़कन से पूछिए वह कहेगा की आप झूठ बोल रहे हैं आप भी संध्या से प्यार करते है, मैंने कहा मैं कोई झूठ नहीं बोल रहा संध्या जी, वह हल्के गहरे आवाज मे पूछी अमन जी आपको कुछ हुआ हैं क्या जिसकी वजह से आप मुझसे झूठ बोल रहे हैं, डॉक्टर ने क्या कहा बताइए न, मैं थोड़ा खामोश हो गया, वह बोली कहिए न अमन जी, मैंने बोला किसी ने कुछ नहीं कहा मैं बिल्कुल ठीक हूँ, वह बोले आप एक बार मेरी कसम खा कर कह दीजिए की आप मुझसे प्रेम नहीं करते या आपने जो भी बोला वह सच बोला मैं मान जाऊँगी फिर आपको कभी परेशान नहीं करूंगी, मैंने कहा मुझे कसम खाने नहीं आता चलिए अब मैं रखता हूँ माँ बुला रही है, इतना कह कर मैं फोन रख दिया वह वापिस कॉल की पर मैं नहीं उठाया फोन सैलेन्ट कर दिया, फोन रखने के बाद मेरी आँखे बादल की तरह बरसने लगे मैंने यह कभी भी नहीं सोचा था की मेरे वजह से कभी उनके आँखों मे आँसू भी आएंगे, हे विधाता तुम मुझको यह कहाँ लाकर खड़ा कर दिया, मेरी आँखों मे जैसे समंदर समय गया हो आँसू बहे जा रहे हैं।

इस प्रेम मे कुछ तो खास हैं यार वरना ऐसे कैसे होता की चोट उन्हे लगे और दर्द मुझे हो, ऐसा तो किसी और रिश्ते मे नहीं होता की हजारों मिल दूर रह कर दिल की बात जान लो, कुछ तो खास हैं इस प्रेम में, उसे

यह कैसे पता चला की मैं झूठ बोल रहा हूँ देखो वह यह भी जान रही हैं की डॉक्टर ने कुछ कहाँ हैं वाकई प्रेम मे जुबान नहीं दिल बोलता है।

"ए भगवान ए तू मुझे कहाँ लाकर फंसा दिया, जिसके आखों मे मैं आँसू नहीं देख सकता था उन्हे मैंने जख्म दे दिया, जख्म भी ऐसा की भरेगा नहीं, किसी भी डॉक्टर के पास ओ मरहम मिलेगा नहीं, जब जब वह मुझे देखेगी, जब भी वह मुझे याद करेगी, अपने आँखों मे आँसू और दिल मे दर्द के सिवा और कुछ ना पाएगी, हे भगवान किसी के साथ ऐसा ना हो, जो नसीब मे नहीं उससे मोहब्बत भी ना हो"

थोड़ी ही देर मे सीतल का फोन आया वह बोली अमन जी संध्या बहुत रो रही हैं, मैंने पूछा आपने उन्हे कुछ बताया तो नहीं, वह बोले नहीं पर वह बार बार पुछ रही थी की डॉक्टर ने कुछ कहा है क्या, मैंने कहा क्या करे सीतल जी अब मैं उन्हे कैसे कहूँ, अब तो मेरे हीं जीवन का भरोसा नहीं तो उन्हे क्या कहता मैं, इसलिए अब यही चाहता हूँ की उन्हे मुझसे नफरत हो जाए ताकि अगर मैं मर भी जाऊ तो वह कभी मुझे याद करके रोए ना, सीतल बोली लेकिन अमन जी प्यार मे तो सिर्फ प्यार होता है नफरत तो होता हीं नहीं तो फिर उसे कैसे नफरत हो सकता है वह तो आपसे सच्ची मोहब्बत करती है और आप कितना भी कोशिश कर लें एक न एक दिन उसे सचाई का पता हो हीं जाएगा और जिस दिन सच सामने आएगी उस दिन उनके दिल पे और भी ज्यादा प्यार उमड़ आएगा फिर और ज्यादा दिक्कत हो जाएगी यह भी हो सकता है उसके दिमाग पे गहरा घात हो जाए फिर वह आपके बिरह मे पागल भी हो सकती है अमन जी मैं तो कहूँगी उसे अभी बता दीजिए वही सही है धीरे धीरे वह खुदको संभाल लेगी, अमन कहा पर सीतल जी मैं उन्हे अपने आँखे से उनके आँखों मे आँसू आते नहीं देख सकता कैसे करूँ मुझे कुछ भी समझ नहीं आ रहा, सीतल बोली यह कैसी प्रेम है आपदोनों की जो वह हजार मिल दूर से आपके दिल का हाल जान लेती है और आप हैं की उसके आँखों मे आँसू न आ जाए यह सोच सोच कर उनसे झूठ पे झूठ बोले जा रहे हैं, थोड़ी देर दोनों खामोश रहे फिर सीतल बोली अच्छा अमन जी क्या आप अंतिम समय मे उन्हे देखना भी नहीं चाहेंगे, मैंने कहा नहीं सीतल जी क्या करूँ चाहता तो हूँ पर चाह कर भी कुछ नहीं कर सकता, क्योंकि अगर वह यहाँ

आ गए तो दिक्कत हो जाएगी, सीतल बोली जैसी आपकी मर्जी अमन जी अच्छे से सोच लीजिएगा और अपना ख्याल रहिएगा समय समय पे दवा लेते रहिएगा।

संध्या अमन को शादी का कार्ड दे रही हैं

अब धीरे धीरे ऐसे ही समय गुजरता गया और अब सात दिन गुजर गए थे आज वापिस संध्या का कॉल आया मेरी शादी हो रही हैं अमन जी, मैंने कहा बधाई हो, वह बोले आपको भी आना होगा, मैंने कहा मैं नहीं आ पाऊँगा वह बोले मैं इंतजार करूंगी और फोन रख दी, वाहटस्प मे अपने शादी का कार्ड भेजी दो दिन बाद शादी है। मैंने सोनू को फोन किया सोनू बोला कैसा तबीयत हैं अमन, मैंने कहा ठीक हैं यार लेकिन अब कुछ ठीक नहीं लग रहा हैं, वह बोला क्या हुआ मैंने कहा सबको कॉफरेस पर लो न सबसे एक साथ बात किए बहुत दिन हो गए, सोनू बोला यार तू ठीक तो हैं न, मुझे बहुत फिक्र हो रही है, मैंने कहा हाँ यार ठीक ही हूँ, बस सबसे एक बार बात करा दो, सोनू बोला रुको मैं अभी करता हूँ, उसने सबको कॉफरेस पे लिया, कैसा हैं यार अमन, मैंने कहा तुम सब की बहुत याद आ रही है यार, अजय बोला हमलोग तुम्हारे पास आए क्या, मैंने कहा मैं कैसे कहूँ, सोनू बोला तुम सिर्फ बोलो हमलोग तुरत आ जाएंगे, मैंने कहा एक बार आ जाते तो अच्छा होता, वे सभी बोले ठीक हैं अच्छा हमलोग कल ही ट्रेन पकड़ते हैं और आते हैं, सबसे बाते हुई थोड़ा अच्छा लग रहा था लेकिन हालत और खराब होते जा रही थी, मैंने माँ को बुलाया और बोला माँ मुझे घबराहट हो रही हैं, पापा भईया सभी आए, तुरंत डॉक्टर के पास कॉल किए डॉक्टर बोला ऐसा कीजिए अभी वह दवा दे दीजिए और कल लेकर आइए ऑपरेशन करना होगा, स्पीकर खुला था माँ बोली डॉक्टर साहब मेरा बेटा ठीक तो हो जाएगा न, डॉक्टर बोले हाँ माँ जी आप बिल्कुल भी चिंता मत कीजिए सिर्फ भगवान से प्रार्थना कीजिएगा सब ठीक हो जाएगा, माँ बोली ठीक हैं, फिर मुझे दवा दिया गया और फिर मैं बेड पे वैसे ही सो गया, माँ मेरे पास बैठ गई, मुझसे ऐसे हीं बाते की माँ के साथ कैसे शाम हुई पता भी नहीं चला। रात हो गई मैं सो गया।

"अगले दिन मैं अस्पताल मे हूँ मेरे सभी दोस्त आ गए हैं सीतल भी हैं। लेकिन संध्या नहीं हैं मैंने संध्या को देखने की गुजारिश की संध्या

को फोन किया गया संध्या शादी के मंडप मे हैं जब उसे बुलाई तो आने से इनकार कर दी सीतल बोली अमन आखरी बार तुम्हें देखना कहता हैं आ जाओ, संध्या बोली आखरी बार क्यों मरने के बाद कह देना मुझमे ही लिपटा रहेगा, सीतल बोली यार वह जिंदगी और मौत के बीच मे है और तुझे देखना चाहता हैं तुम इतना कठोर कैसे बन सकती हैं, वह कहती है कठोर मैं नहीं बनी उसी ने बनाया हैं अब मुझे फर्क नहीं पड़ता की वह रहेगा या मरेगा चल फोन रख वह जैसे हीं बोली की फोन रख मेरी आँखे खुल गई"।

देखा तो अभी रात के 2 बज रहे थे मैं सपना देख रहा था, उसी वक्त मैंने फोन निकाला और सब को अस्पताल आपने को कहाँ और सीतल को भी, सीतल तुरंत रिप्लाइ की अमन जी आप अभी तक जाग रहे हैं क्या हुआ, मैंने कहा कुछ नहीं मैंने एक अजीब सा सपना देखा और नींद खुल गई। डॉक्टर ने आज ऑपरेशन के लिए बुलाया हैं कल ज्यादा तवीयत खराब हो गया था तो सोचा सब को एक मैसेज कर देता हूँ सबको एक बार देख लूँगा, सीतल बोली संध्या को भी मैसेज किए क्या मैंने कहा नहीं और वैसे भी कल उनका तिलक (शादी का पहला दिन) है, सीतल बोली पर एक बार उससे भी आपको मिल लेना चाहिए था उसे बाद मे जानने के बाद बहुत दुःख होगा बोलेगी मैं कितना बदनसीब हूँ जो जिससे प्यार की उसे पा तो ना सकी लेकिन उससे आखरी बार मिल भी ना पाई, मैंने कहा वैसा कुछ नहीं होगा सीतल जी वह समझदार है वह खुदको समझा लेगी और फिर मौत तो अंतिम सत्य है फिर इससे कैसे मुह फेरा जा सकता है यह दिन आज नहीं को कल सबके जीवन मे आता हैं, सीतल बोली अमन जी मुझे लगता है आप बहुत कठोर हो रहे हैं अगर वह इतना समझ सकती है तो फिर आप उसके आँसुओ के लिए क्यों चिंतित होते हैं, मैंने कहा तो क्या करे सीतल जी आप हीं बताइए, आप जो कहेंगे वही करूंगा, सीतल बोली अगर आप मुझसे पूछ रहे हैं तो संध्या को मुझपे छोड़ दीजिए क्योंकि आप अभी देख रहे हैं सिर्फ अभी की आँसुओ की परवह कर रहे हैं लेकिन मैं भविष्य देख रही हूँ और जो मैं देख पा रहीं हूँ उसके अनुसार संध्या को अभी आपसे मिलना बहुत जरूरी है इसलिए जो मुझे उचित लगे ओ मुझे करने दीजिए, मैंने कहा अच्छा ठीक है। तभी

मेरा फोन ऑफ हो गया मैंने ध्यान नहीं दिया था फोन मे बैटरी खत्म हो गया, मैंने फोन को चार्ज मे लगाया और सो गया।

सुबह हो गई माँ आई और मुझे उठाई, मैं उठा फ्रेश हो कर नास्ता किया और घर से हम चारों निकल गए, 2 बजे के करीब हमलोग अस्पताल पहुंचे वहाँ देखा तो पहले से हीं मेरे सभी दोस्त आए हुए हैं, अजय, प्रकाश, सोनू, अशोक, कोमल भी आई है और सीतल के साथ संध्या भी आ गई हैं लेकिन मैंने तो नहीं कहा अच्छा रात को सीतल जी से बात हुई थी, लेकिन कोमल को तो कॉल नहीं किया और यह कोमल और संध्या एक साथ क्यों हैं संध्या को तो उससे चिंड है, मैं जैसे हीं गाड़ी से उतरा सभी मेरे पास आ गए, संध्या सामने आई और बोली आपको क्या लगता था आप झूठ बोलते रहेंगे और मुझे पता नहीं चलेगा, मेरा दिल हमेसा यह कहता था की आप झूठ बोल रहे है कोई बहुत बड़ी राज छुपा रहे हैं पर आप झूठ पे झूठ बोले जा रहे थे देखिए मुझे कोमल सब कुछ बता दी, जिस वक्त आपने मुझसे झूठ बोला और कोई मुझे बता नहीं रहा था तो मैं फेस्बूक पे कोमल को ढूँढी और पता की आपने तो आज भी मुझे नहीं बुलाया पर देखिए मैंने आ गई, सीतल भी मुझसे छुपाई बाद मे बोली, संध्या के आँख पूरा आँसू से भरे हुए हैं देखते हीं देखते उनके आँखों से जैसे बारिश होने लगी वह रो रही है और बोल रही है, अमन जी आप मुझे इतना कमजोर समझते है मुझे नहीं पता था, मैंने कहा कमजोर मैं आप संध्या जी कमजोर तो मैं हूँ, कहीं आपके आँसुओ तले दब न जाऊँ इसलिए आपको नहीं बताया था कमजोर आप नहीं मैं हूँ संध्या जी, मुझे माफ कर दीजिए, वह बोली देखिए मैं अपना आँसू पोंछ ली अब तो ठीक हैं न, इतना कह कर वह मेरे सीने से लग लई उनके आँसुओ ने सचमे मेरे शर्ट को भीगा दिए, सीतल संध्या को इशारा की कि उसके माँ पापा सब यही हैं देख रहे हैं, वह अमन से हल्का दूर हुई अपनी आँसू पोंछी और बोली अमन जी मैं भगवान से प्रार्थना की हूँ की वह आपको हर मुसीबत से बचाए, अगर मेरा प्यार सच्चा है तो आपक यह ऑपरेशन अच्छा से हो जाए और आपकी उम्र लंबी हो जाए, संध्या के पापा सामने आए संध्या बोली अमन जी यह मेरे पापा हैं मैंने उनके पैर छूए फिर सबसे मिल लिए और अस्पताल के अंदर प्रवेश किए, इन सबसे मिलने के बाद मुझे ऐसा

लग हीं नहीं रहा की मैं बीमार भी हूँ मैं खुदको एकदम स्वस्थ महसूस कर रहा हूँ, मैंने सबसे कहा पता है आज मैं एकदम अच्छा महसूस कर रहा हूँ ऐसा लग रहा हैं जैसे मुझे कुछ हुआ ही नहीं हैं। डॉक्टर साहब आए और बोले आपलोग आ गए आइए अंदर आइए और बैठिए तब तक हम अपनी तरफ से तैयार होते हैं, फिर डॉक्टर ने मुझसे पूछा तब अमन अब कैसा महसूस हो रहा है, मैंने कहा सर कल तक तो मैं बेचैन था लेकिन आज बहुत हीं अच्छा महसूस हो रहा है, तभी सोनू के पापा IPS अंकल आ गए, और बोले तब डॉक्टर साहब सब ठीक है, डॉक्टर बोले हाँ मुझे तो इसका हाव भाव देख कर बिल्कुल नॉर्मल लग रहा है, अच्छा आपलोग बात कीजिए मैं अंदर तैयारी करता हूँ इतना कह कर डॉक्टर साहब अंदर चले गए।

हम सभी थोड़ी देर बैठे रहे फिर डॉक्टर आए और मुझे यानी अमन को बुलाया गया, मैं अंदर जा रहा था की संध्या मेरा हाथ पकड़ ली, मेरे सभी दोस्त भी आ गए सबकी आँखों मे आँसू थे, मैंने कहा अगर तुम लोग ही कमजोर हो जाओगे तो मेरे परिवार को कौन संभालेगा और संध्या जी मेरी माँ को कौन संभालेगा,आपलोगों को मेरे खातिर मेरे परिवार के लिए आँसू नहीं बहाना होगा, अगर मैं वापिस आ गया तो ठीक नहीं तो आपलोगों को हीं सब देखना होगा, डॉक्टर मुझे अंदर ले कर चले गए और बोले भगवान से बिनती कीजिए की अमन का ऑपरेशन अच्छा से हो जाए, सभी अंदर से रोने लगे,आँसू छुपाने की सब बहुत कोशिश कर रहे हैं पर कंबखत आँख पे किसका जोर है आँसू गिरने गले, सभी दूसरे तरफ मुह करके रो रहे हैं, तभी सोनू के पापा बोल पड़े अरे आप सभी रो क्यों रहे हैं हम सभी को प्रार्थना करना चाहिए की अमन ठीक हो जाए तो आपलोग हैं कि आँसू बहाँ रहे हैं। उन्होंने सबको समझाया फिर सभी शांत हुए सभी हाथ जोड़ कर भगवान से यही प्रार्थना कर रहे हैं की ऑपरेशन अच्छा से हो जाए अमन सही सलामत बाहर आ जाए, लेकिन क्या होगा वह किस हाल मे आएगा वह तो भगवान ही जानेंगे। अब आगे क्या होता है जानने के लिए सभी को थोड़ी प्रतीक्षा करनी होगी, सभी की नजरे ऑपरेशन रूम पे गाड़ी हुई हैं। धीरे धीरे बहुत वक्त बीत गया, अब वह पल आ गया जिस पल का सबको बेसब्री से इंतजार था, डॉक्टर बाहर निकल

रहे हैं लेकिन यह क्या किसी के चेहरे पे खुशी की एक झलक तक नहीं है, कही अमन को कुछ हो तो नहीं गया, नहीं नहीं ऐसा नहीं हो सकता, सभी लोग दौड़ कर डॉक्टर के पास पहुँचे और बोले डॉक्टर साहब अब अमन कैसा है डॉक्टर चुप रहे, बोलिए न डॉक्टर साहब कैसा है अमन, डॉक्टर खामोश है किसी को कोई जब नहीं दे रहे, इस खामोशी ने सबको एक इशारा कर दिया की अब अमन नहीं रहा लेकिन जब तक डॉक्टर नहीं बोलते पता कैसे चलेगा तभी सोनू के पापा बोले क्या हुआ डॉक्टर साहब आप चुप क्यों हैं सब खैरियत तो हैं, डॉक्टर मुस्कुरा गए और बोले अरे खुशियां मनाईए, लड्डू बटवाईए आज पूरे अस्पताल मे मिठाई बटनी चाहिए, अमन ने दूसरा जन्म लिया हैं, भगवान ने आप सब की विनती सुन ली अब कोई खतरा नहीं है। जैसे हीं सबने यह बात सुनी एक बार फिर से सबकी आँखे भर आई लेकिन इस बार आँसू खुशी के थे, डॉक्टर ने कहा यह वाकई चमत्कार हैं एसपी SP साहब हमने बहुत सारे हार्ट के ऑपरेशन किए पर कभी इतना खतरनाक नहीं किया क्योंकि लोग इस स्टेज तक आते आते मृत्यु को प्राप्त हो जाते हैं लेकिन अमन इस कॉन्डीशन मे भी सही हो गया, एक पल के लिए तो हमलोग को भी लगा था की नहीं अब नहीं हो पाएगा अमन नहीं रहा लेकिन फिर भगवान का नाम लिए और आगे बढ़े वाकई जिसे ऊपर वाला जिंदगी दे देता है उसे कोई उसे छिन नहीं सकता। अभी सब इतना खुश हैं की आप इनके खुशी का अनुमान भी नहीं लगा सकते, सब ने बोला डॉक्टर साहब क्या हम उसे देख सकते हैं डॉक्टर बोले अभी नहीं और अभी वह किसी से बात भी नही कर पाएगा। थोड़ी देर बाद देखिएगा, थोड़ी देर बाद बाहर से हीं सबको दिखाया जाता है, सभी बहुत खुश हो जाते हैं, पूरे अस्पताल मे मिठाई बटवाया गया।

कुछ दिन बाद अमन ठीक हो कर घर आ जाता है। फिर संध्या के पापा और अमन के पापा के बीच बातें हो जाती है, कहते है दोनों एक दूसरे से बहुत प्रेम करते है मैं सोच रहा हूँ इस प्रेम के बंधन को शादी के अटूट बंधन मे बांध दे क्योंकि हर पिता अपनी बेटी को उस घर मे भेजना चाहता है जहाँ उसकी बेटी हंसी खुशी से रहे जहाँ उसे अपने माता पिता की कभी कमी महसूस न हो और आपलोगों को देख कर मैं पूरा अस्वस्थ

हूँ की मेरी बिटिया यहाँ बिल्कुल खुशी से रहेगी, बात पक्की हो गई फिर दोनों की शादी हो जाती है।

संध्या जी आपको पता है मैंने आपके लिए एक शायरी लिखा था, वह बोले कैसा शायरी, अमन बोला यह शायरी मैंने तब लिखा था जब आपको देखते ही प्यार हो गया था, वह बोले फिर तो मैं सुनूँगी सुनाइए, तभी प्रकाश का कॉल आया, हैलो अमन क्या कर रहे हो, मैंने कहा संध्या जी को शायरी सुना रहा हूँ, प्रकाश बोला अच्छा फिर मैं रखता हूँ, मैंने कहा तू बोल न क्या कह रहा था, उसने कहा मेरा तीस हजार पैसा वापिस आ गया, मैंने कहा तो अब क्या इरादा है, उसने कहा कुछ सीखने का इरादा है, मैंने पूछा क्या, वह बोला यही की किसी भी अनजान लिंक पर क्लिक न करे, कोई अनजान विडिओ कॉल करे तो उसे उठाने से पहले कैमरा ढक ले, अगर आप इनके चंगुल मे फंस गए तो अनलाइन भी साइबर पोर्टल पे अपना कॉमप्लान्ट दर्ज करवा सकते है वहाँ से उचित कार्यवाई होगी, अगर अपराध को रोकना है तो चुप नहीं रहना है और एक बात सभी लड़कों के लिए ध्यान से पढ़िएगा "फेस्बूक पर बनी हर लड़की के नाम का अकाउंट प्रेम पत्र भेजने के लिए नहीं कुछ अकाउंट खाली करने के लिए भी होते हैं", हम दोनों हँसने लगे, फिर फोन कट गया। संध्या बोली यह सब तो ठीक है पर अब वह वाला शायरी भी सुनआ दीजिए

(शायरी)

"मैंने तो पहला खत तब लिखा जब जनता नहीं था, बस देखा था उन्हे पर पहचानता नहीं था, न नाम पता न घर जनता था, यार मुझे उनसे मोहब्बत पहली नजर मे हो गया था"

संध्या बोली यह तो तब की थी अब कैसा

अमन बोला अब

अब तो कुछ यूं है की,

जिनके सपने हमने देखे, देखो आज वह मेरे पास है,

मेरे जीने की वजह, मेरी जान की जान आज मेरे साथ है।

संध्या बोली हें पागल यह शायरी है हम दोनों हँसने लगे, संध्या कहती है हम कितने नसीब वाले हैं न, अमन पूछता है कैसे, संध्या कहती है बहुत कम लोग होते हैं जिसका प्यार मुक्कमल होता है और इतने

अच्छे से घरावले शादी करवाते हैं, अमन कहता है यह तो हैं इस हिसाब से हम बड़े किस्मत वाले हैं, संध्या कहती है अच्छा एक बात पुछे अमन बोल हाँ पूछिए, संध्या बोली आपको मुझसे प्यार कब हुआ था, अमन बोला आपको हमारी पहली मुलाकात याद है, संध्या बोली अब मैं कैसे जानु कि आपने मुझे पहली बार कब देखा, अमन बोला जब मैंने आपको पहली बार देखा था न तभी मुझे प्यार हो गया था, संध्या हँसते हुए कहती है ज्यादातर लड़कों को पहली नजर मे ही प्यार क्यों होता हैं, अमन कहता है पता नहीं, संध्या बोली मैं बताऊ अमन बोला हाँ कहिए, संध्या बोली क्योंकि हम लड़किया होती ही हैं इतनी खूबसूरत कि किसी भी लड़के का दिल हिल जाए। अमन और संध्या दोनों हँसने लगे।

कहानी समाप्त

कहानी की सारी शायरी

“उन्हे इस बात की खबर नहीं क्योंकि यह इश्क एकतरफा है, ओ नहीं मरती मुझपे सिर्फ यह अमन है जो उनपे अपनी जान छिड़कता है”

“इस जालिम दिल पे किसी का जोर नहीं, आज तक किसी पे फिदा नहीं हुआ और देखो उन्हे देखते ही उनका हो गया”

“ मोहब्बत शायरी

“चेहरे की हसी मेरे होंठों की मुस्कान आई है, दिल्ली मे बनकर मेहमान आज मेरी जान आई है, देखना आज चाँद की अकड़ कम हो जाएगी, क्योंकि दिल्ली के छत पर चलकर मेरे साथ आज मेरी जान आई है”।

“न लिपलोज न होंठों पे होंठलाली होगी, दूर से चमकेगी ओ बेसक रात काली होगी, देखना उनके स्वागत मे आज गगन से चाँद तारे भी धरा पे आएंगे, देखना आज पूरी रात चाँद तारे दिल्ली मे दिवाली मनाएंगे ”।

“संध्या नाम है उनका, देखना आज शाम भी शरमाएगी, जब ओ पीली ड्रेस मे मेरे साथ छत पर आएगी, अरे इंसान तो इंसान प्रकृति भी उनकी घनेरी जुल्फों मे खो जाएगी, देखना उसके दीदार को आज आसमान से अप्सरा भी आएगी” ।

“ एक दीवाना जब भी अपनी महबूबा की तारीफ करेगा, कोहिनूर क्या सितारा क्या, चाँद की खूबसूरती भी उसके आगे फीका लगेगा” ।

शायरी

“ अब तो डर सा लगने लगा है, कही यह ख्वाब तो नहीं सोच सोच कर दिल बैठने लगा है, कभी भरम तो कभी सपना लगता है, अपने कानों और आँखों पे भी अब कहाँ यकिन होता है”।

जिसे हम प्यार करते है अगर ओ हक्क जताने लगे, जिसे हम प्यार करते हैं वह हमारे खातिर रातों को जागने लगे, दिल मे हलचल तो होता हैं न, काही आँख खुली और पता चला ये सब सपना था यार डर तो लगता है न”।

"ना सुख की कामना होगी न दुख की कामना होगी, कामना होगी तो बस एक मौत की कामना होगी" ।

"इस मोहब्बत के एहसास को मैं क्या लिखूँ, इस पल को मैं कौन से सीप मे कैद करूँ,

दिल कहता हैं काश की कोई ऐसा यंत्र होता, सचमे यार इस पल को मैं उसमे कैद कर लेता,

फिर ना कोई बंदिशे ना कोई दीवार होती, इन आँखों मे आँसू आने से पहले तुम मेरे पास होती"।

"देखिए कितनी हसीन शाम हैं जो सफर आपके नाम है, दिल कर रहा है मैं इस पल को किसी शिप मे कैद कर लूँ, जहाँ नहीं उदासी नहीं गम का कोई नाम है"

"प्यार उससे मत पुछो जिसका दिल हर किसी पे आया है, प्यार उससे पूछो जिसने किसी से निस्वार्थ प्रेम किया है"

"ए भगवान ए तू मुझे कहाँ लाकर फंसा दिया, जिसके आखों मे मैं आँसू नहीं देख सकता था उन्हे मैंने जख्म दे दिया, जख्म भी ऐसा की भरेगा नहीं, किसी भी डॉक्टर के पास ओ मरहम मिलेगा नहीं, जब जब वह मुझे देखेगी, जब भी वह मुझे याद करेगी, अपने आँखों मे आँसू और दिल मे दर्द के सिवा और कुछ ना पाएगी, हे भगवान किसी के साथ ऐसा ना हो, जो नसीब मे नहीं उससे मोहब्बत भी ना हो"

"मैंने तो पहला खत तब लिखा जब जनता नहीं था, बस देखा था उन्हे पर पहचानता नहीं था, न नाम पता न घर जनता था, यार मुझे उनसे मोहब्बत पहली नजर मे हो गया था"

आप सभी इतने ध्यान से इतने प्यार से पढे आप सभी का बहुत बहुत आभार।

लेखक :- लवकुश कुमार मेहता

www.ingramcontent.com/pod-product-compliance
Lightning Source LLC
LaVergne TN
LVHW010827051026
849532LV00007B/2642
* 9 7 9 8 8 8 9 3 5 6 6 7 7 *